改变悲伤王国的孩子

［美］凯特·迪卡米洛 著 ［澳］苏菲·布莱科尔 绘
高雪莲 译

中信出版集团 | 北京

图书在版编目（CIP）数据

改变悲伤王国的孩子 /（美）凯特·迪卡米洛著；（澳）苏菲·布莱科尔绘；高雪莲译. -- 北京：中信出版社，2022.9（2023.4重印）

书名原文：The Beatryce Prophecy
ISBN 978-7-5217-4442-2

Ⅰ. ①改… Ⅱ. ①凯… ②苏… ③高… Ⅲ. ①儿童故事—图画故事—美国—现代 Ⅳ. ① I712.85

中国版本图书馆 CIP 数据核字（2022）第 093804 号

改变悲伤王国的孩子

著　　者：［美］凯特·迪卡米洛
绘　　者：［澳］苏菲·布莱科尔
译　　者：高雪莲
出版发行：中信出版集团股份有限公司
（北京市朝阳区东三环北路 27 号嘉铭中心　邮编　100020）
承 印 者：北京中科印刷有限公司

开　　本：889mm × 1194mm　1/32　　印　　张：8　　字　　数：150千字
版　　次：2022年9月第1版　　印　　次：2023年4月第3次印刷
京权图字：01-2022-2566
书　　号：ISBN 978-7-5217-4442-2
定　　价：35.00元
出　　品：中信儿童书店

献给

贝蒂·高夫·迪卡米洛

1923—2009

——凯特·迪卡米洛

献给

凯特·迪卡米洛

——苏菲·布莱科尔

《悲伤王国编年史》里记载道：

“有一天，会出现一个孩子，推翻一个国王。”

预言说，这个孩子会是个女孩。

因此，

长久以来，这个预言都被忽略了。

目录

第一部分　我叫比阿特丽丝……1

第二部分　从前，有一条美人鱼……47

第三部分　黑暗森林里的秘密……93

第四部分　再次相遇……139

第五部分　勇敢的心……185

最后一部分　故事的结局……233

第一部分
我叫比阿特丽丝

1

安斯维莉卡是一只表里如一的山羊，它的灵魂正如同它的牙齿一样——强悍而锋利，并且毫不妥协。

这只山羊最喜欢的游戏之一，便是伪装出一副无害且冷漠的样子，让《悲伤王国编年史》修道会的修士们放松警惕。

刚开始几个星期，它一个人都没咬。

有人靠近时，它只是凝望着远方，仿佛在思考某种高深的奥义。接下来，当那些修士们放松了警惕，琢磨起它到底在想什么时，不知怎么地，安斯维莉卡会忽然性情大变，从后面冲过去，往他们背上狠狠一顶。

它的力气非常大，脑袋也非常硬。所以，它能把修士们顶得飞出去老远。

等他们摔下来，它就咬他们。

这只山羊对某些特定的人有一种奇特的、无法解释的反感，对他们有一股强烈的厌恶之情。它会跟踪某个修士，藏在建筑物紫色的阴影里等他，然后突然跳出来，发出一声邪恶的大叫，听起来就像恶魔的尖叫。

那个修士被吓坏了，瞬间崩溃，也尖叫起来。

于是，那个修士便和山羊开始了一场二重奏式的尖叫，直到山羊满意了，面露幸福地小跑着离去，只剩下一个颤抖着哭泣的修士。

《悲伤王国编年史》修道会的修士们本想把它宰了，但又惧怕它的鬼魂。

修士们一致认为，山羊的鬼魂一定会比现在有血有肉的它更加凶残、强硬，更不可战胜。

等到了阴间，它会如何来复仇呢？

鬼山羊会干出些什么事儿来，不禁让人心有余悸。

于是，它活下来了。

这也还不错。

事实上，是棒极了。

因为，没有这只山羊的话，比阿特丽丝已经死了。

那我们会在哪儿呢？

2

这一切都发生在战争时期。不幸的是，这和其他任何时期都没有区别，这世界总是硝烟不断。

艾迪克修士是发现它的那个人。

那天早晨，天地间笼罩着一层白霜。这位修士欣赏着初升的太阳把阳光洒在茵茵草尖和树木的枝条上。他站立了许久，所以迟了一些才去喂安斯维莉卡。

整个世界仿佛在由内而外散发着光彩。

“这一定意味着什么，”艾迪克修士大声说道，“这么美，一定意味着什么。”

他站在那儿，凝望着这个世界，直到寒冷刺痛了他的双手，他才回过神来。

他哆哆嗦嗦地走进牲畜棚，以为安斯维莉卡肯定会对他的迟到感到不满，并且已经开始策划要收拾他了。但让他惊讶的是，那只羊还在睡觉，它背对着他，四肢折叠着垫在身体下。

这是什么新把戏啊？

艾迪克修士清了清嗓子。他放下木桶。山羊仍然一动不动。他向前走了两步，倒吸了一口气。

他的大脑在欺骗他。

或许是他的眼睛在欺骗他——他的左眼，不乖乖地待着，而是在眼眶里转来转去，一刻不停地寻找尚未找到的东西。

“你的那只眼睛被某个恶魔控制了，”艾迪克修士的父亲曾经对他说过，“那个恶魔已经钻进你的脑子里去了。”

然而现在，在沐浴着晨光的畜棚里，艾迪克修士游弋的左眼和奇怪的大脑，最终使他看见了一只有两个脑袋的山羊。

“可怜可怜我们吧。”艾迪克修士低语道。

一个脑袋的安斯维莉卡已经让修士们够受的了。它要是有两个脑袋，两口牙，那他们还怎么活啊？

它将会颠覆宇宙的秩序。它会把国王赶出他的城堡。双头安斯维莉卡将成为统治世界的生物。

修士试探着朝前迈了一步。他眯起眼，发现另一个脑袋原来是蜷缩在山羊身旁的一个小孩子的。

艾迪克修士松了口气。

紧接着，一阵全新的恐惧吞没了他，因为他发现那个孩子居然抓着山羊的一只耳朵。

3

一个孩子，就在那只山羊身边。

一个蜷缩着身体的孩子，抓着恶魔安斯维莉卡的耳朵！

艾迪克修士害怕极了，心怦怦直跳。山羊那可怕的牙齿的画面闪现在他脑海里。那口牙他再熟悉不过了，尽管他并不想如此熟悉。

去年夏天的某一天，艾迪克修士被安斯维莉卡追着，在一片鲜花盛开的草场上奔跑，好像跑了一辈子那么久。

那片草场距离修道院有好几英里，而且就在国王的城堡附近。那只山羊去那儿做什么，对于艾迪克修士来说，真是个永远的未解之谜。

艾迪克修士本不该自己一个人去的。只因为一位旅行者告诉他，那儿风光旖旎，花儿争奇斗艳，于是他决定亲眼去欣赏这样的美景。

那只山羊躲在草丛里，蹑手蹑脚地从背后悄悄接近了他。它可怕的气息呼呼地喷在他的背上，然后它用脑袋轻轻地、开玩笑似的撞了他一下。

艾迪克修士撒腿就跑。

他在前面跑，羊在后面追。他们俩一起穿过了那片花海。最后，意料之中，艾迪克修士终于被绊倒了，安斯维莉卡跑了过来，用一只蹄子踩住他的胸口，注视着他的双眼，嘴巴一张一合。

它的口水滴在了他身上。

它给了他大量的时间，几乎像是又过完了一辈子那么久，让他仔细琢磨它牙齿的每一个细节，以及它们所能犯下的暴行。

正当艾迪克修士快要崩溃之时，山羊用尽吃奶的力气狠命地一踩，然后抬起蹄子，走了。

现在，他胸口上还带着那天下午留下的印记——一个不完整的羊蹄轮廓，真让人郁闷。这个印记将伴随他度过余生，就像一个红色的箭头，指向他的心脏。

仿佛有人不知道他的心脏在哪儿似的！

“天哪。”现在，他说道。他朝山羊走了一步，“我得小心点。”

山羊没理他。依偎在山羊身旁的那个小东西一动不动。

艾迪克修士看到那个孩子没有穿鞋，脚上全是血。

他打了个冷战。他应该去找人来帮忙吗?

“你这个胆小鬼，”他听见父亲在说，“你这个眼睛乱晃的胆小鬼。”

没错。他是胆小鬼。

可现在，他无法置之不理，任这个孩子和安斯维莉卡单独在一起。他不得不鼓起勇气，直面这只山羊。

“你这个怕山羊的傻子。”他听见父亲在说。

艾迪克修士叹了口气。

真希望父亲的声音能放过他。真希望那声音永远不要再响起。

艾迪克修士挽起长袍，抬起一只脚，准备跨过圈门进入山羊的领地。

安斯维莉卡站了起来。它发出一声高亢的叫声。

那个孩子也坐了起来，艾迪克修士看见一头长发、一双惊恐的眼睛和一张瓜子脸。

一个女童。

她在哭。

那既不是愤慨的哭泣，也不是悲伤的哭泣，而是一个疲累至极的人才有的哭泣，一个用尽全力试图忍住哭泣的人才有的哭泣。

眼泪从她的脸颊上滚落下来，她目不转睛地注视着他的眼睛，他的双眼——正常的那只，和疯狂转动的那只。

艾迪克修士也注视着她。他觉得自己的心发生了变化。

他觉得自己的心打开了。

“噢。”艾迪克修士说。

安斯维莉卡又发出一声高亢的叫声。

“嘘，”艾迪克修士对山羊和女孩说，“嘘。没事的。没事的。”

然而，就在艾迪克修士说这些话的时候，另一些言语，一些不祥的对话，正在不远处发生着。

在国王的城堡里，通风的正殿内，一个士兵向国王鞠了个躬，然后说道：“陛下，按您的命令，已经把那个女人投进地牢了。但我不得不告诉您，那个孩子不见了。我把阿伯拉尔城堡和周围地区都搜遍了，还是没找到她。”

“找不到她，什么意思？”国王说道。

“我的意思是，陛下，她不在那儿。也没找到她的尸体。那个女孩不见了。”

4

安斯维莉卡站在那个孩子身边，摆出了一副凶猛的防卫姿势。

艾迪克修士的一条腿搭在门上，另一条腿还在地上。

“求你了。”他对山羊说。

安斯维莉卡看了看他，然后扭头看了看那个孩子，然后又转过来看着他。在昏暗的畜棚里，很难判断情绪的微妙变化，特别是在一双以前很少表现出任何微妙变化的眼睛里。但艾迪克修士认为自己看到了山羊眼睛里的闪光。这既是对那个孩子的爱怜之光，也是对他的警告之光。

山羊低下头，摆出威胁的架势。

“真冷啊，”艾迪克修士骑在门上说道，“今天太冷了。小孩受不了那么冷的。我不会伤害她的。我只是想帮忙。”

山羊和修士注视着彼此。与此同时，那孩子静静地哭了起来。

棚外，太阳正越升越高。一束阳光闯入了畜棚——金灿灿、暖洋洋的。尘埃在空气中翩翩起舞。

艾迪克修士再一次被这美景震撼了。

“让我进来吧，”艾迪克修士对山羊说。他温柔地说：“你必须让我照顾她。”

安斯维莉卡后退了一步。

这肯定是它有生以来第一次后退。

艾迪克修士把腿从门上跨过去，走进了山羊的领地。

“你受伤了吗？”他问那个孩子。

她年纪很小。不超过十岁，但无法确定。她身上的污垢和血渍都已经结成了痂。

女孩没有回答。

“你叫什么名字？”艾迪克修士问。

泪水继续从她脸颊上滑落，从污垢中清出了一条小路。

艾迪克修士朝她走了一步。安斯维莉卡发出一声咆哮。你可能以为山羊不会咆哮，但这只山羊永远充满了惊喜。

“让我抱你起来，好吗？”艾迪克修士问。

孩子仍然没有回答。也许她根本不会说话？

安斯维莉卡瞪着他，然后低下头，将耳朵凑过去，女孩抓住了它的耳朵。山羊低着头，静静地站着。

“我要抱你了。”艾迪克修士说。接着，他向山羊表明了意图，“我要把她抱起来。”

孩子放开了安斯维莉卡的耳朵。

艾迪克修士弯下腰，将她抱了起来。她的皮肤摸起来很烫。她在发烧。

“她病得很重，”艾迪克修士对瞪着他的山羊说，“首先，我们必须让她退烧。然后给她洗个澡，得把污垢和血洗掉。我猜，她是从某个战场上逃出来的。你觉得呢？”

安斯维莉卡点点头。

“天哪，”艾迪克修士想道，“我居然在和一只山羊谈判。”

他抱着那个孩子，走出畜棚，来到了阳光下。雾已经消散了。世界不再迷蒙，已是一片光明。

安斯维莉卡紧跟着他。

他转过头去看了看它，发现这只山羊目光温柔，并且充满了关切。

真是个奇怪的世界！匪夷所思的世界！

艾迪克修士觉得自己的心变得很轻，仿佛打满了气。

安斯维莉卡用头顶了一下他的腿。不是警告，而是请求：走快点儿，请快一点儿，照顾好这个孩子。

啊，这个奇怪的世界。

温暖的阳光照在艾迪克修士的脸上。

这个匪夷所思的世界。

5

她做了个梦。

家庭教师的手里紧紧握住了一样东西。“这是给比阿特丽丝的。”他说。

“是什么啊？”她的两个弟弟喊道，“快让我们看看，让我们看看！”

“拍拍我的手。”家庭教师叫她。

她碰了碰他的手指，他慢慢地张开手指，露出了一个奇怪的生物。

“这是什么？”她问。

“海马，”他说，“一匹海里的马。”

“它还活着吗？”她问。

“已经死了。”家庭教师回答。

她从他手里接过海马。它很轻很轻，仿佛她捧着的是别人的一个梦。

她欣赏着海马卷曲的尾巴，琢磨着它长长的鼻子。她把它翻了个面，发现它只有一只眼睛。

“它生来就是这样吗？”她问，“只有一只眼睛？”

“不是的，”家庭教师说，“我猜是受过伤。”

“是坏的！”阿索普喊道。

“给我看看。”罗文说。

“等一下。”比阿特丽丝说。

罗文推了推她的胳膊肘，海马从她手上掉了下去。

这个动作发生得很慢，慢到仿佛海马是飘浮在空中，一直在扭曲、旋转，它的一只眼睛出现了，然后又消失了——就像在朝她眨眼。

接着，出现了一道闪光。

一个士兵冲进了大厅。

海马永远无法抵达地面。

在它完成跌落的动作之前，梦结束了，然后又开始了：家庭教师紧握的拳头，家庭教师展开纤长的手指，露出了那个生物，他在说：“海马，一匹海里的马。”

接着出现了一个“死”字，她手里那匹轻盈的、失重的海马，慢慢、慢慢地坠落，士兵冲了进来。

梦重复着。一遍又一遍，一模一样。

那匹海马，仿佛除了坠落，永远不会做别的任何事情。

正在发烧的比阿特丽丝被梦境俘虏了，她来回翻身，努力想要逃脱。

终于，她坐起身来，大叫了一声。

某人把手放在了她的额头上。

有吸鼻子的声音，和暖暖的气息。

她伸出手，摸到了一只毛茸茸的耳朵，顿感安慰。

“我必须抓紧它，”她心想道，“除了抓紧它，其他的什么也做不了。”

接着，她再次睡着了，回到了那个梦里，家庭教师的拳头缓缓地打开，那匹海马一直在坠落、坠落，坠落。

6

艾迪克修士在《悲伤王国编年史》修道会的任务是鎏金。他把《悲伤王国编年史》里每一页文字的首字母都画成了光芒四射的金色。

这对他来说既是一种解脱，也是一种快乐，因为他把这些字母画得和他眼中的世界一样灿烂，明亮。夜晚入睡时，这些字母还在他的脑海里闪烁着，醒来时，它们也在那儿——一个个优雅而繁复的形状在闪闪发光。

有时候，他工作时，这些字母会对他揭示某种真理——一行预言，在他脑海里反复出现，直到他意识到这是真的。

他就会去和卡迪斯神父说："这些话是我在工作时，神传达给我的。"

卡迪斯神父会点点头，郑重地写下这行预言，以便将其记入那本伟大的书。然后他会站起来，把手放在艾迪克修士的头上，说出对《悲伤王国编年史》修道会之前所有的先知都说过的那句话："感谢你的展望，这些话将被载入史册。"

之后，那一天剩下的时间里，对于艾迪克修士来说，世界上的各种物体都在闪闪发光——桌上的碗、田野里的花朵，以及靠在畜棚墙上的锄头。

这些光芒，一定是他那只不听话的坏眼睛和他那离经叛道的大脑的产物。或者至少，他的父亲会这样解释。

不管是什么原因，艾迪克修士目光所及，全是美好。他把那些美都画进了字母里，他聆听着，期待着更多真理的话语。

他常常希望，他画的字母能把手抄本照亮，让它不再那么阴冷，不再充斥着关于斩首、背叛、战争的描述，以及对末日和苦难的预言。

艾迪克修士非常、极其厌恶战争和暴力。

然而，正是战争和暴力把这个孩子带给了他。

这个世界到底该如何理解？

"我不明白。"国王对那位士兵说。

"我也是，"他的国师说道，"她不可能凭空消失。她不可能轻易地用魔法把自己变走。”

“如果那些预言说的就是她，”国王对国师说，“谁知道她有些什么能力。”

“去抓她的人在哪儿？”国师问。

“他也，不见了。”士兵说。

“找到她，”国师说，“还有他。两个人都得找到。她必须死。整个王国危在旦夕。”

“是的，”国王说，“王国危在旦夕，因为预言是那么说的。是吗？”

“是的，”国师说，“预言正是如此。”

过了好久，她的烧还没退，艾迪克修士不知道她还能不能活下来。他把水滴进她嘴里，用凉草药给她清洗伤口。他一遍遍地为她祈祷。

山羊注视着他的每一个举动，眼神既怀疑又担忧。

修道会的所有成员都看着他。

“现在是战争时期，”卡迪斯神父说，“需要帮助的人太多了。我们不可能对在我们面前徘徊的每一个难民都照顾得无微不至。我们必须养活那些真正需要帮助的人，祝福他们，让他们继续前进。”

“可她还是个孩子，”艾迪克修士说，“而且病得很重。”

“她已经占据了你的心。”卡迪斯神父说，“如果你的心被占据了，就不能集中精力完成你必须要做的工作，接收你必须要接收的话语了。此外，还有山羊的问题。”

这时，艾迪克修士保持了沉默，因为他无话可说。

安斯维莉卡已经把自己安置在修道院的病房里，就守着躺在草席上的女孩，它不会离开半步的。任何试图让它离开的人都遭到了攻击。

山羊会龇着牙吼叫，会咬人，还会突然发疯——把它那副可怕牙齿的功能发挥到极致。接下来，等它制服了攻击它的人——通常是把对方咬出了血——它才会回去继续看护那个孩子。

它脸上的表情会奇迹般地从狠毒转变为怜爱。

这真令人惊叹。

当那个女孩明显有些痛苦，叫出声来时，安斯维莉卡就会凑过去。它把头凑过去，递出它的耳朵，那孩子抓住它，便立即安静了下来。

“我相信……”艾迪克修士对卡迪斯神父说，他清了清嗓子，“有可能，那只怪兽有可能已经洗心革面了。”

“就算有，那也是很有限的。”卡迪斯神父说，“不管怎样，它有没有改变，我一点儿都不在乎。我们不是来拯救山羊的灵魂的。再给你一个星期，艾迪克修士，这是我能容忍的极限。再给你一个星期，这个孩子必须走。理想的情况下，最好这只山羊也应该和她一起消失。”

7

在她偶尔清醒的那些时刻里，她想起来了。

然而她并不想记起。

她觉得如果自己想起来了，就可能会死。而她已经决定要活下去了。

于是，她拼命摆脱了病魔的纠缠，抛下了一切：她的弟弟们、家庭教师、海马，还有海马最后落地时所发生的一切。

她把那些记忆都交给了病魔。她把遗忘作为一件礼物，一条出路，一种生存的方式。

然后，当她退烧时，当她终于在这个真实的世界里醒来时，她只带来了一件东西——她的名字。

比阿特丽丝。

这个名字无足轻重，但也意味着一切，因为它将常常出现在《悲伤王国编年史》上。

8

她醒来时，阳光透过一扇特别高的小窗照射进来，映入她的眼帘。她在一个狭窄的房间里，躺在一张草席上，有一只山羊在她身边。窗外，有一只鸟儿在啁啾——唱着由两个清脆而甜美的音符组成的调子，一遍又一遍。

她躺在那儿，听着鸟儿歌唱。

她不禁觉得，那只鸟儿是在寻找她，一直唱着她的名字。

“比阿特丽丝。

比阿特丽丝。

比阿特丽丝。”

“听啊，”她对山羊说，“那只鸟在唱我的名字。我叫比阿特丽丝，那只鸟唱的就是它，是不是？”

山羊用明亮的金色眼睛注视着她。

“比阿特丽丝，”比阿特丽丝说，“我叫比阿特丽丝。”

山羊点点头。比阿特丽丝坐了起来。

“当然了，你也有名字。”她把脸凑到山羊面前，“马索普，”她说，“你是不是叫马索普？或者叫布莱赫多？”

山羊慈爱地注视着她。

“说不定是莫里奇。我猜对了吗？你是不是叫莫里奇？”

阳光穿过那扇小窗，勾勒出山羊耳朵上毛发的轮廓。鸟儿在歌唱。

比阿特丽丝不知道自己是不是还在做梦。如果是，那真是个快乐的梦啊。

她把手放在山羊的脑袋上。它的头骨突出，坚硬如铁，但很温暖。这感觉太真实了。她揪了揪山羊的一只耳朵，这时，门开了。

一个修道士走了进来。

“啊。”他说，他怔怔地看着她。或者说，他的右眼注视着她，左眼则自行转来转去，四处扫视着——看看山羊，看看比阿特丽丝，又看看穿过窗户的阳光。

“你的左眼不太听话啊，”比阿特丽丝说，“它在你眼眶里跳舞呢。”

修道士举起左手，遮住了那只转来转去的眼睛。

“不，不，”她说，“我没有叫你遮起来的意思。”她朝他微微一笑。

他也微微一笑，然后挪开了手。“我是艾迪克修士。”他说。

“我叫比阿特丽丝。”

“比阿特丽丝。”他重复道。

她很高兴听到他叫自己的名字。她感觉到一阵宽慰。就像这位修道士确认了什么似的。

是的，她的名字叫作比阿特丽丝。

是的，她还存在着。

“那羊呢？”她问，“羊叫什么名字？”

“它叫安斯维莉卡。”

“安斯维莉卡，”比阿特丽丝说，“我完全没想到这个名字。”

“你以为她叫什么？”

“我觉得莫里奇是最有可能的。”

“莫里奇？”

“嗯。”

“为什么呢？”艾迪克修士问。

“因为我叫它马索普和布莱赫多，”比阿特丽丝说，“它都没反应。”

艾迪克修士笑了。她喜欢他的脸庞，喜欢他那只游弋的、四处探索的眼睛，也喜欢他那只稳定、平静的眼睛。

“你病得很重，”他对她说，“安斯维莉卡一直陪在你身边。”

“嗯。”她说。她想起了发烧，想起了滚烫而绝望的自己，“这儿是什么地方？我现在在哪儿？”

“你在《悲伤王国编年史》修道会。”

“什么是《悲伤王国编年史》？”比阿特丽丝问。

“《悲伤王国编年史》就是讲述过去发生过的事和将来有可能会发生的事，那些被预言过的事。”

“悲伤，”比阿特丽丝说，这个词十分沉重，“听起来不像是一本快乐的书。”

“唉，”艾迪克修士说，“是的。”

“好吧，那么，”比阿特丽丝说，“那样的书我是不会想读的。”

艾迪克修士看着她。“你不想读它？”他说。

他那只不听话的眼睛在跳舞，另一只则既严肃又关切地牢牢盯着她的脸。似乎有一些警告的钟声，一些代表厄运的低音音符，开始在比阿特丽丝心中回荡。

“你是谁家的孩子？”艾迪克修士问，“他们肯定想知道你还活着。他们肯定想要你回家。”

说到这儿，比阿特丽丝感觉到的所有光明都消失了。

她是谁家的孩子？

她的家在哪儿？

她答不上来。一个巨大的黑洞突然在她心中裂开了。

这感觉就好像她沿着一条小路一直朝前走，回头一看，发现本来应该在那儿的一切，片刻之前还在那儿的一切——那些树、灌木、鸟儿，包括小路——全都突然消失了。

“我叫比阿特丽丝，”她对艾迪克修士说，“比阿特丽丝。”

这便是她能给出的唯一答案，是它所知道的一切。她开始哭泣。

安斯维莉卡发出一种安慰的叫声。它朝比阿特丽丝靠过去，比阿特丽丝抱住它的脖子，泪如雨下。

因为她失去了某些连名字都叫不出来的东西。

艾迪克修士走上前去，把手放在她的脑袋上。

“我很悲伤，”比阿特丽丝心想，“我在《悲伤王国编年史》修道会，而且我很悲伤。”

这是个循环，这个想法不禁让她笑了起来。

“怎么了？”艾迪克修士问，“你笑什么？”

“你会把这个写进《悲伤王国编年史》里吗？”她问，“你会不会写‘一个名叫比阿特丽丝的女孩，不知道自己从哪儿来，也不知道自己是什么人，她抓着一只山羊，特别悲伤’？”

“嗯，”艾迪克修士说，“会这样写下来的。”

"是作为已经发生的事吗？"比阿特丽丝问，"还是将会发生的事？我会成为一个预言吗？"

"噢，比阿特丽丝。"艾迪克修士说。

在国王的城堡的正殿内，国师在打消国王的疑虑。

"陛下，只是稍微耽搁了一下，没有大碍的。"国师说。

"真让人担忧啊。"国王说，"我一直在想，万一预言写下来的时候被误解了怎么办？万一我们抓错人了怎么办？"

"误解？陛下，我想提醒您，如果我们误解了所记载的预言，如果我们误解了那些伟大的智慧之言，您现在就不会在宝座上。"

"没错，没错。"国王说。

"那孩子我们没抓错，她就是预言里说的那个。我很肯定。"

"但是，我不想让她死，"国王说，"我想要她活着来见我。是的，活着，这样我就可以质问她。"

国师揉了揉眼，叹了口气。"好的，"他说，"您是国王。我们会奉命行事。我们将下令把她活着带回来。"

9

艾迪克修士所面临的问题更严重了。有一个不再发烧的孩子，但她不知道自己是谁，也不知道自己来自哪里。

还有一只山羊，无论如何都不愿意和这个女孩分开。

最糟糕的是，谈及《悲伤王国编年史》时，这个女孩说道：“那样的书我是不会想读的。”

“那样的书我是不会想读的。”

仿佛她识字似的。

仿佛这样的事情是有可能的。当然，这是不可能的。

但是，想到存在一个会读书的女孩，这样的可能性仍然令他感到惊恐。

可以读书的人只有男性修士，以及来修道会学习预言的家庭教师和学者们。

还有国王的国师。

以及国王自己。

全世界——从艾迪克修士没见过但知道它存在的浩海，到他听说过长什么样子的黑山——会读书的人屈指可数。

而且，他们全都是男性。

没有一个女性。

教女孩读书，教女人写字都是违法的。

自艾迪克修士记事起，就一直如此。

《悲伤王国编年史》也没记载过其他情况。

毫无疑问，这孩子说错话了。

他再次听见她的声音——既顽皮，又蛮横的声音。他听见她说："那样的书我是不会想读的。"

他的心在胸腔中剧烈地跳动着。

不，他毫不怀疑。

他没有误解。

这个孩子，这个女孩，会读书。

10

他画了一个金灿灿的字母 B。

他画上了和春天一样绿意盎然、和五月一样充满希望的、持续不断的卷曲的藤蔓，来装饰那个字母。他把字母 B 画得和太阳一样金光四射。

接着，他把那个字母拿到了她面前。

他把 B 放在胸前，然后对比阿特丽丝说，“你能告诉我这是什么字母吗？”

她看了看那个金光闪闪的字母，然后看了看他，什么也没说。

他的心如释重负，可又有一种说不出的失望。

她终究不是他想象中的那样。

比阿特丽丝久久地望着他。“艾迪克修士。”她说。

“嗯。”

"艾迪克修士，我心里知道，我不应该告诉你。我不知道为什么。可我无法对你撒谎。那是字母 B，是我名字的首字母。"

艾迪克修士的心一沉。

"如果我给你一支羽毛笔、一张羊皮纸，"他说，他的声音在颤抖，"你能把你的名字写出来吗？"

"能。"

"还会别的什么吗？"他说。

"别的什么？"

"你还会写别的什么吗？"

她严肃地看了他一眼。"什么都会，"比阿特丽丝说，"任何一个词。所有的词。我告诉你这些是对的吗？"

"是的。"他说。

她笑了，"那我能帮你写下这个世界的历史吗？我会加入《悲伤王国编年史》修道会吗？我很喜欢讲故事。故事里充满了欢乐和惊喜。你知道《天使和马》的故事吗？在命运的捉弄下，天使长了马蹄，而马长了翅膀，为了唤醒国王行善，天使在宫殿的屋顶上用它的蹄子跳舞，而马则挥舞着翅膀，从这个世界飞到另一个世界，一次都没有回头看。"

这个孩子！

"我没听过那个故事。"艾迪克修士说。

“怎么会呢？”比阿特丽丝说完哈哈大笑，“这是我刚刚现编的。”她又变得严肃起来，“不过，如果你想要的话，我可以把它写下来给你，一字不落地写下来。”

艾迪克修士手里的B颤抖得就像活了过来。它一跃而出，翩翩坠落在地。

安斯维莉卡低下头，嗅了嗅它。

比阿特丽丝温柔地对山羊说：“不，亲爱的，那不是吃的。”

这只恶魔山羊居然被叫作“亲爱的”。

这个女孩会读书，会写字。

这实在是太不得了了。太了不得了。

他该怎么办呢？这已经超出了他的能力范围。

艾迪克修士注视着比阿特丽丝的头顶。她的头发乱糟糟的，需要一把梳子。

他忽然想起来，小时候，母亲有一把梳子。那把梳子很美，是木制的，把手的形状就像美人鱼的尾巴，上面还镶嵌了许多小小的宝石。

梳子背面是美人鱼的脑袋，它有着一头瀑布般的卷曲长

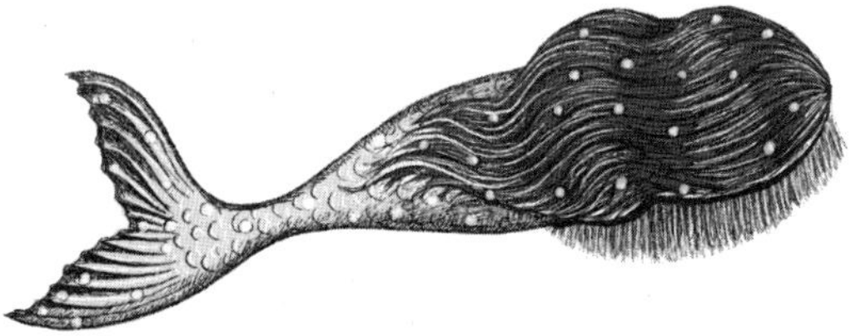

发，上面也布满了宝石。

有一次，他的父亲正好看见他拿着那把梳子，大张着嘴，吃惊地凝视着它。

“既然它的背面如此美丽，”幼年艾迪克对父亲说，“那它的脸一定美得让人不敢直视吧。”

“谁的脸？”父亲问。

“这条美人鱼。要是它能回过头来看我一眼就好了。”

父亲忽然暴怒。他告诉他，他无法忍受这个男孩的歪脑筋，他荒谬的想法以及无耻的幻想。

父亲把他打了一顿。父亲说，他打的是他的无知。可那没有用。无知还在那儿，艾迪克永远也不可以再触碰那把梳子。父亲下了禁令。

可是，如果父亲不在家，幼年艾迪克就可以坐下来，望着母亲梳头——长时间温柔的轻抚，让美人鱼尾巴上、头发上的宝石闪闪发光。

母亲有一头美丽的秀发。她不止一次对艾迪克修士说过，头发是女人的第二张脸，必须努力保养。“头发能代表一个女人的形象。”母亲说。

“比阿特丽丝……”艾迪克修士说。

“嗯？”

“我有个主意。”

11

她试图不去想那些记不起来的事。

当然，这很容易做到。因为她无法想起已经忘了的事，不是吗？

“就像一个谜语，”她心想，“一个解不开的谜语。”

她无法想起已经忘了的事，但她知道有很多记忆消失在黑洞中了，她知道那里有关于她是谁的线索。

每次有几分钟时间，她会忘了那个洞，接着又会蓦然惊觉，就像有一阵风从她头顶上方袭来，抓住了她的脚，想要一把将她拖进一无所知、一无所忆的深渊。

可她仍然屹立不动。

她笔直地站着，任凭黑暗和寒冷拉扯着她。她尽可能坚定地站着。那感觉终于过去了，这个世界回来了——安斯维莉卡、艾迪克修士、清晨的太阳，还有在屋顶上轻声“咕咕”叫着的鸽子。

她心里想着这一切的同时，艾迪克修士正在剃她的头发。她看着自己乱蓬蓬的头发飘落在地面上。

“再告诉我一次，我为什么必须剃光头发。”她对艾迪克修士说。

“因为它纠缠不清，只能剃掉。”艾迪克修士说，“整个王国都没有一把梳子能梳开这蓬乱的头发。”

“可还有另一个原因。”比阿特丽丝说。

艾迪克修士沉默了。

安斯维莉卡靠在比阿特丽丝的腿上。

“另一个原因是什么？”比阿特丽丝问。

“你要是不乱动的话，”艾迪克修士说，“我就给你一个月亮。”

“你还没回答我的问题，”比阿特丽丝说，“这次我想要一颗星星。”

艾迪克修士的长袍口袋里有几颗枫糖。这些糖是安托万修士做的，他把枫糖做成了各种形状，比如：星星、弯弯的月亮、叶子和脸色阴沉的小人儿。

到目前为止，比阿特丽丝尝过了一个“月亮”和一片“叶子”。

安斯维莉卡吃了那些“小人儿”。

“等一下。”艾迪克修士说。他凑过去，除了枫糖味儿，房间里还弥漫着尘土和稻草的气味。还有山羊味儿。

艾迪克修士清了清嗓子，说道：“这个世界并不总是善良的。”

“嗯。”她赞同道。

“可也一定有美好的事情。”他说。

“是的。”她说。

“我剃掉你的头发，你就安全了。”

“我不明白。”比阿特丽丝说。

艾迪克修士叹了口气。“我母亲，”他说，“有一把美人鱼形状的梳子。美人鱼的尾巴和头发上都布满了宝石。那把梳子是我见过的最美的东西，我对它抱有不切实际的幻想：希望美人鱼能转过头来看我一眼。”

“它看你了吗？”比阿特丽丝问。

“没有。”

比阿特丽丝闭上双眼。她想象着那条美人鱼。她能看见它的脸。一张美丽却悲伤的脸。

她睁开眼。“你觉得美人鱼叫什么名字？”

“我不知道。”

“我觉得知道它的名字很重要。”她说。

“也许你会知道的，”艾迪克修士说，“但我没能知道。”

阳光照进了屋里，山羊和枫糖的气味变得愈加强烈了。

比阿特丽丝看着头发飘落在地，忽然感到一种无尽的孤寂。

“有一件事我能确定，”她对艾迪克修士说，“就是美人鱼的头发没有被剃掉。”

“是的，”他说，“我猜是的。可是，它是活在另一个世界的。”

艾迪克修士俯身面对着她。

他游弋的那只眼睛在扫视着屋子，打量着一切，而另一只明亮而稳定的眼睛，则直直地注视着她。

“比阿特丽丝，”他说，“你第一次告诉我你会读书写字时，你有些迟疑。你说你感觉这是你不应该说的事情。”

比阿特丽丝感觉黑暗深渊的气息触碰到了她的脖子。她打了个冷战。

“那是对的，”艾迪克修士说，“这件事你的确不应该说出来。在我们这个世界里，有法律规定女性不可以读书或者写字。这个你必须知道——为了保护自己，你必须知道。”

比阿特丽丝感到一阵晕眩，她赶紧抓住了山羊的耳朵。

“对你来说，你的真实身份是非常危险的，”艾迪克修士说，“所以，你必须伪装成另一个人。”

“可是我连我自己是谁都不知道，怎么才能伪装成别人呢？”

“你叫比阿特丽丝，”艾迪克修士说，“这你知道。你会读书，会写字，这你也知道。还有，也是你必须知道的：你有一个真心的朋友，名叫艾迪克修士。”

比阿特丽丝点点头。“还有一个真心的朋友，叫安斯维莉卡。”说着，她揪了一下安斯维莉卡的耳朵。

“嗯，”艾迪克修士说，“是的。所以，你是这样一个人：在这个世界上拥有朋友的人。其余的我们慢慢会搞清楚的。我有个计划，这个计划的第一步便是剃掉你的头发，尽管美人鱼的头发还在。你信任我吗？”

她点点头。她的嗓子很干。

艾迪克修士也点点头，然后继续给她剃头。

比阿特丽丝望着自己的头发飘落在地。

她一直抓着安斯维莉卡的耳朵。

她想：“我叫比阿特丽丝。在这个世界上，我拥有朋友。我不再拥有头发，但我拥有朋友。”

12

她退烧后，头发被剃光的那天，《悲伤王国编年史》修道会的修士们齐聚在一起，注视着身着修士长袍，和山羊在一起的光头比阿特丽丝拿起一支羽毛笔，朝一张羊皮纸伏下了身子。

修士们看着她写字。

他们看着她写出一个又一个字母。

写完之后，艾迪克修士举起羊皮纸，给所有修士看。

修士们开始一阵长久的窃窃私语。

“女孩怎么会做这种事呢？肯定是中了某种魔法，”安托万修士说。

“字写得很漂亮，”阿德尔修士说，“就好像出自天使的笔下。”

“问题是那只山羊，”弗雷德里克修士说，“那只山羊一直和她在一起。那个恶魔与此有关吗？”

“大家听好了，”卡迪斯神父说，“这个孩子会害了我们的。国王会定期派特使来学习《悲伤王国编年史》。万一发现了她可怎么办？然后呢？”

“她只不过是一个孩子而已。”艾迪克修士说。

“她是一个非常危险的孩子，”卡迪斯神父说，“而且肯定有人在找她。”

“我们没有必要把她隐秘地藏起来，”艾迪克修士说，“我们可以说她是哑巴，也可以说她是来学识字的贵族小男孩，或是一个正在接受神训的修士。同时，她还能帮我们。她能把世界上正在发生的事写下来。这项工作的人手永远不够。让她来帮忙吧。这能给她一个机会恢复健康，然后再把她送走。让我们施舍给她一些怜悯吧。”

在艾迪克修士的一生中，他从未发表过如此慷慨激昂的长篇演讲。

他从未在他的同门兄弟面前，提出过如此反常的要求。

但是，在此之前，从来没有一个人对他如此重要。

比阿特丽丝挺直了双肩，然后把手放在安斯维莉卡的脑袋上。

“就待一小段时间，”艾迪克修士说，“等她康复了就走。”

安斯维莉卡慢慢地转动着脑袋，它的视线依次与每一位修士的目光短兵相接。

山羊把他们吓得都闭上了嘴。

把他们吓得同意了让比阿特丽丝留下来。

你也许会好奇，比阿特丽丝到底写了什么？她在羊皮纸上写下的便是这些文字：

最终，我们都会被带到属于我们的地方。

最终，我们都会找到回家的路。

待四下无人时，艾迪克修士问比阿特丽丝，她写的那两句话出自何处，源于哪篇文章。

“我也不知道，”比阿特丽丝说，“它们就在我脑子里，所以我就写下来了。我就知道这些。”

那些字句对她来说是一个谜，是隐藏在她内心的东西。她挥洒笔墨时，感觉一个个词语从她内心舒展开来，璀璨动人地一个接一个降落在纸上。

当她握起那支羽毛笔时，比阿特丽丝仍不知道她的家人是谁，不知道自己从哪儿来，可她知道自己是谁。

“给我读一下那本伟大的书中所记载的文字吧。”国王说。

国师低头看向一张羊皮纸，说道：“这是《悲伤王国编年史》中记载的文字，我原封不动地把它们抄了下来。‘有一天，会出现一个女孩，推翻一个国王。’”

“完整地读一遍。”国王说。

“‘有一天，会出现一个女孩，推翻一个国王，带来前所未有的变革。’”

“嗯，”国王说，“可这是一个预言。难道不意味着它注定要实现吗？我们应该干涉命运吗？”

“请别怀疑，”国师说，“普通百姓才会怀疑。国王不会。您是国王。”

“等找到了那个孩子，我要问她几个问题。因为我是国王。这件事同样记载在《悲伤王国编年史》上——我命中注定要成为国王。”

“是的，陛下，”国师说，“非常正确。”

国师挤出一个扭曲的微笑。他的黑袍在王座周围闪烁的烛光中映射出油亮的光泽。

第二部分
从前，有一条美人鱼

13

杰克·多里没有家。

在很小很小的时候，他一个人走出了黑暗森林。

这当然也是在战争期间。

这个男孩独自一人走进了村子，把自己的名字告诉了遇见的第一个人。

那个人便是比斯皮克奶奶。她正坐在一张板凳上，背对着她的小屋，仰着一张苍老的脸，迎接着阳光。

蜜蜂在嗡嗡嗡地飞舞。草很高，天很蓝，蓝得把你的心碎成两半，一半在现实，一半在天上畅快地飞翔。

比斯皮克奶奶活在这个世界上的时间已经够长了，她已经不知道心碎过多少次，她已经厌倦了。在剩下不多的时间里，她想要保护好自己的心。

于是，她继续仰望着那美丽的蓝天，享受着阳光的温暖，还有蜜蜂的嗡嗡嗡。

这个男孩和她说话时，她没有任何反应。

“我叫杰克·多里！”男孩说。

“那又怎样？”比斯皮克奶奶说。她既没有低下头，也没有睁开眼睛。

“森林里有强盗。”杰克·多里说。

“那当然，”比斯皮克奶奶说，“那可是黑暗森林。黑暗森林里全是强盗。”

“我们从海弗林特来，要去斯拉图城，”杰克·多里说，“我父亲不想参军，所以我们离开了海弗林特，准备去斯拉图城，从而避免沦为国王的打手。”

对此，比斯皮克奶奶什么也没说。不想从军、从一个地方逃难到另一个地方的人，对她来说并不是什么新闻，也没什么乐趣。事实上，她懒得思考这些事情——人们总是从一件事转移到另一件事，以为可以避免一些悲伤，然而无论他们去哪儿，悲伤都在等着他们。

比斯皮克奶奶不再相信这种愚蠢的行为。她已经放弃了所有的幻想。在这个世界上，根本没有办法保证安全，比斯皮克奶奶深知这一点。所以她只管待在原地，任悲伤汹涌而来，随它呼啸而去。

“他们拦住了我们，”杰克·多里说，“块头最大的那个长着一脸黑色的胡子，有一把明晃晃的刀，他一直用牙咬着那把刀，低声咆哮着。他听起来就像是魔鬼本人。”

“哦。”比斯皮克奶奶说。

“他把我们的东西都抢走了。抢走了我母亲的披风，我父亲的帽子。”

“强盗嘛，”比斯皮克奶奶仍然闭着眼睛，说道，“不就是这样吗？”

“可我父亲不喜欢这样。他和他们打了起来，他们杀了他。那个黑胡子杀了我父亲。”

比斯皮克奶奶的心感到一阵绞痛。她想忘记人类能对彼此做出的这些可怕的事。她只想坐在阳光里，听着蜜蜂飞舞，忘却一切。

她并不想关心这个问题。

比斯皮克奶奶叹了口气，她睁开眼睛，低下了头。

她看着那个男孩。

杰克·多里。

他非常小。他的头发是黑色的。

“那你母亲呢？”她问了一个并不想问的问题。

“她叫我赶快跑，”杰克·多里说，“她朝我大喊，叫我快跑。”

“于是你就跑了。”比斯皮克奶奶说。

“是的。我从来没跑这么快过。我真的跑得很快。我听见她尖叫，可我没有回头。现在我迷路了。我不知道自己在哪儿，不知道我母亲在哪儿。她在尖叫，可我没有回头。”

“过来。”比斯皮克奶奶说，她伸出了手。

男孩朝她走了过去。比斯皮克奶奶用掌心捧起他的脸庞。

“再告诉我一次你的名字。”她说。

“杰克·多里。”

“嗯，”比斯皮克奶奶说，“再说一遍。”

“杰克·多里。”

“再告诉我一次，你是谁？”

“我是杰克·多里。”

男孩和老奶奶一起站在蓝天下，站在明媚的阳光里。

蜜蜂在嗡嗡飞舞，比斯皮克奶奶让他说出自己的名字，直到他明白过来，她想要告诉他的是——他的父母已经走了，他们死了，但他自己还活着。

“我是杰克·多里。”他说。

“嗯，”比斯皮克奶奶说，“你是。”

14

比斯皮克奶奶叫他“带来希望的杰克”“杰克小精灵”。她还叫他“勇敢的男孩”。她称他为心灵之光、灵魂之河、我的挚爱。

她又活了四年，在杰克·多里十二岁时，她去世了，他就一个人住在了小屋中，自己照顾自己。

他手脚麻利，由于谁都没有马，于是一个脚程快的人就很受青睐。他投递包裹，传送信息。

他的记性也很好。你只要把某件事和杰克·多里讲一次，他便一字一句地印在了脑海里，和你说的一模一样。在一个人们既不会读书也不会写字的世界里，优秀的记忆力是弥足珍贵的。

另外，他还有模仿的天赋。他能发出狼召唤狼群的叫声，或者渡鸦宣布自己发现食物时的叫声。他可以像客栈老板娘那样走路，像铁匠那样哈哈大笑——在铁匠被征召入伍之前。

村民们喜欢听他讲老故事，因为他会模仿所有角色的嗓音，就像在看戏似的，就像重新听了一遍这个故事。

因为有这些天赋——跑得快，记性好，还很会模仿——杰克·多里什么也不用愁。他得到了很多食物和温暖的衣服。他虽然没有家，但所有人都爱他。

然而，到了晚上，他总是做可怕的梦。他梦见杀了他父母的那个黑胡子强盗。那个强盗得意地笑着，嘴上叼着那把刀。

在梦里，杰克·多里听见母亲在惨叫。

他大汗淋漓地醒来后，脑子里只有一个想法："我想要那把刀。有一天，我会从那个强盗的嘴里，得到那把刀。"

15

当杰克·多里梦见刀和复仇之时，同村不远处的旅店里，有一个国王的士兵正卧病在床。

那士兵并不是年轻人，也不是老人，他高烧不止，情况非常糟糕。在他病入膏肓、痛不欲生之时，碰巧有一位天使来拜访他——一个可怕的天使，有着一双破破烂烂的黑色翅膀。

天使挥舞着它黑色的翅膀，在士兵的床脚处徘徊。它的羽毛里散发出一股恶臭。

“我认识你，”士兵说，“我在战场上见过你好多次。我知道我马上就要死了。我想死！我无法再忍受这样活着的痛苦了。”

天使张了张嘴，又闭上了。它的牙齿又黑又丑，歪歪扭扭，参差不齐。

“什么？”士兵喊道，“你想说什么？”

“你必须……”天使说到这儿，又陷入了沉默。

“我必须？我必须？我必须干吗？”

“必须把它记录下来，”天使说，“如果记录下来了，你还有机会得到宽恕。”

“宽恕？”士兵说，“我怎么可能被宽恕？”

“一定要把它记录下来。”说完这句话，天使便挥起它恶臭的翅膀，飞上空中，穿过屋顶消失了。

士兵努力想要忘记那个天使，想让自己相信那只是他的想象，但他做不到。于是他爬起来，挣扎着踏上那黑漆漆、歪歪扭扭的，极其危险的楼梯。

士兵来到楼下的大壁炉旁，尽可能挺直了身子，和旅店老板娘攀谈起来。

他说：“我需要找一个修道院的修士过来。”

“是吗，干吗？”老板娘说。

“天使说，一定要把它记录下来。”士兵说。

正在烤火的老板娘转过身来，盯着他说：“天使说的？”

“是的，”士兵说，“如果记录下来，我会得到宽恕。”

“哈，”老板娘说，“宽恕！”她又转了回去。

“帮我找一个修士来！”士兵说。

“我什么也帮不了你。但你可以出钱请杰克·多里帮你去给他们带个话。”

“那就帮我把杰克·多里请来吧，”士兵说，“我已经做好准备结束这一切了。我再也受不了了。”

“我估计，这一切很快就会结束的。”老板娘说。

士兵忽然感觉浑身无力，站不住了。

“我得坐一会儿。”他说。

“那就坐吧。”老板娘说。

“没有椅子啊。”士兵说。尽管他的声音在抗议，但他的腿却一软，扑通一声坐在了地上。

老板娘走到门口，喊道：“杰克·多里！我这儿有个活计给你！”

很快，一个少年便出现在了厨房里。他有一头浓密的黑发。他微笑着。

“这个人，”老板娘说，“这个人，坐在地上这个人说天使来看他了。他想要把一些事情写下来。”

“不是我想，”士兵说，“是天使想要把它们写下来。”

“把他弄回他的房间去。”老板娘说。

“我自己能走。”士兵说。他试图站起来，但失败了。

“我抱你吧？”男孩说。

“不用，”士兵说，“你抱不动。”

“不，我可以的。”杰克·多里说。他弯下腰，把这个人抱起来，走上了楼。这个士兵就只有一袋芜菁那么重。

这个人忽然希望自己就是一袋芜菁，因为那样他就连灵魂都没有，也无须赎罪了。芜菁是不会犯错的，除了生为芜菁之外，它们没有任何罪过。

没有哪个死亡天使会费心去看望一个芜菁，还跟它说“宽恕”和“记录”的必要性。

“真希望我是个芜菁啊。”士兵说。

“啊，现在还没有那么糟糕。”男孩说完，吹起了一段快乐的口哨。

“她答应我会宽恕我的。”士兵说。

“宽恕？”男孩说，“真是个不错的承诺。”接着，他又继续吹起了口哨。

16

于是，杰克·多里来到了《悲伤王国编年史》修道会修道院。

他到那儿时，迎接他的是一只母山羊。它低着头朝他冲了过去。

杰克·多里从没见过跑得这么快的山羊。霎时间，他有些羡慕它。

是的，它确实速度惊人。

他任凭它冲过来，直到最后关头，他优雅地朝旁边迈了一小步，山羊和他擦肩而过，全速冲进了地里。

他听到一阵笑声，接着一个清晰的声音说道："你战胜了它。我都不知道它能被避过。"

他转过身，看见一个穿着长袍、戴着兜帽的身影。

"嗯，我战胜了它，我避过了它。我还能跑得比它快，肯定的。”杰克·多里说。

他话音刚落，山羊已折了回来，从背面狠狠一顶，杰克·多里立刻飞了出去。

他飞出去好远。落地后，他马上把双手枕在脑下，躺在田野里，仰望蓝天，吹起了口哨。假装这是他老早就计划好的——在田野上休闲一会儿，吹吹口哨，望望天空。

长袍身影站在那儿哈哈大笑，山羊朝他走过来，低下头，开始嗅他的头发。

“你好，”他一边坐起来，一边对山羊说，“你或许愿意相信，我是带着善意来的。我来找一个修士跟我回去，把一个人的忏悔写下来。那个人快要死了，有天使去见过他了。他是个士兵，愿意付一大笔钱来减轻自己的罪责。”

“这个人，这个士兵，为什么不直接说出来犯了什么错呢？”长袍身影问。

“我是在和羊说话。”杰克·多里说。

“你在浪费时间。谁的话它都不听，除了我。”

杰克·多里坐了起来。“那你是谁呢？”

“它叫安斯维莉卡。”

“不是问羊，”杰克·多里说，“是问你。”

“我不该告诉你我是谁。我不该说话的。”

“为什么？”杰克·多里问。

一阵长长的沉默。名叫安斯维莉卡的那只山羊，用它的金色眼睛瞪着杰克·多里。一阵风从田野里吹过。一只鸟在歌唱。

杰克·多里等着。他十分擅长等待。

“你叫什么名字？”小修士问。

“我？我叫杰克·多里。”

“杰克·多里，我要告诉你一个秘密。”

“不用了，谢谢。”杰克·多里说。

“什么意思？”

“我的意思是，我不想知道什么秘密。秘密意味着麻烦。比斯皮克奶奶一辈子都在告诫我，秘密意味着麻烦，而麻烦有一条很长的尾巴。”

“比斯皮克奶奶是谁？”

“她是爱我的人。”杰克·多里说，“好了，我来这儿是为了找一位修士跟我回去，把这个人说的东西写下来，这样他也许能得到某些宽恕。你能帮我吗？”

“我叫比阿特丽丝。”小修士说。她摘下连着长袍的兜帽，露出了一张瓜子脸，一个光头。她给了他一个满是蔑视的眼神。“我能搞定，”她说，“我能把那个士兵需要记录的东西写下来。”

“你？”杰克·多里说，“别胡说了。你不过是个女孩而已。光头女孩。”

“你这样说我生气了。”女孩说。山羊跑过去，站在了她旁边。

“我好怕怕啊。”杰克·多里说。他站起来，双手一摊，说道：“你看我都吓得发抖了。”他笑了。他吹起了一首小曲儿。他看着那个女孩——比阿特丽丝，注视着她的眼睛，然后朝她身后的蓝天望去。

天好蓝，蓝得足以让你的心一分为二。他见过这样的蓝，是某些出乎意料的事发生时才会出现的那种蓝。

他完全不相信那样的蓝。

“你能不能带我去找一位修士，把那个人的遗言写下来？”杰克·多里说。

“你根本不了解我。”比阿特丽丝说。

“嗯，”杰克·多里说，“是的。”

山羊小跑着来到他身边，凑上去，嗅了起来。精明的山羊，聪明的山羊。

杰克·多里弯下腰，和她面对面。他想要表达清楚，自己不是可以被山羊随便推来推去的那种人。

他凝视着她金色的双眼，山羊突然把头一缩，然后以迅雷不及掩耳之势朝他狠狠一撞。

那是一种痛彻心扉的痛。杰克·多里的脑袋里有星星在跳舞，某处还有铃铛丁零零地响个不停。

星星和铃铛。铃铛和星星。

他觉得自己也许应该再坐一会儿，于是他坐了下去。

他听见那个女孩——穿着修士长袍的那个光头女孩，说自己会写字的那个女孩，叫作比阿特丽丝的那个女孩——仿佛在很远的地方哈哈大笑。

17

她不该告诉他自己会写字的。

她根本就不该说话的。艾迪克修士会对她感到绝望的。

可她喜欢这个男孩。更进一步说，她信任他。她不知道为什么，但就是有这种感觉。

她伸出手来。“来，”她说，“抓住我的手。你的脑袋会稍微不那么‘叮叮咚咚’的。它没咬你已经很好了。一般来说，它都会咬的。修士们相信安斯维莉卡是个恶魔。他们全都被它攻击过了。它跟谁都过不去，除了我。”

杰克·多里握住她的手。她把他拉了起来。他整个人轻飘飘的。

“你简直和空气一样轻。”她说。

“嗯，这样跑得快。我是你见过的跑得最快的人，比你的那只恶魔山羊还快。”

“没人能比安斯维莉卡更快。”比阿特丽丝说。

“不信我跟它比比，我轻轻松松就能赢。”杰克·多里说。

“我衷心地表示怀疑。”比阿特丽丝说。

他们一起穿过田野，朝修道院走去。安斯维莉卡在他们中间。

山羊仰头看看比阿特丽丝，然后又看看杰克·多里，仿佛在说：“我不是把这家伙顶飞上天了吗？我不是把他的头撞得像铃铛一样响了吗？谁是世界上最厉害的山羊？告诉我。”

比阿特丽丝握住安斯维莉卡的左耳，拽了一下。

安斯维莉卡用脑袋轻轻顶了一下比阿特丽丝的腿，作为回应。

比阿特丽丝突然觉得，以前她也曾在蓝天下，和一个男孩、一只山羊，一起走过洒满阳光的田野。

但可以肯定的是，这没有发生过。她很开心和杰克·多里在一起，很开心和安斯维莉卡在一起。

“你住在哪儿？”她问杰克·多里。

“在村子里，比斯皮克奶奶的小屋里。”

“比斯皮克奶奶，”比阿特丽丝说，“她是爱你的人。”

“嗯，她爱过我。她已经走了。”

“去哪儿了？”

“她死了。”

“那谁照顾你呢？”

“我自己照顾自己。”

“你的父母呢？

“也死了。”杰克·多里说。

比阿特丽丝的脑海里闪过一个奇怪的、卷曲的生物。那东西很亮，好像就是由光构成的，它一直转啊转，转啊转。

一看见它，她的脚步便开始不听使唤。

杰克·多里伸出手，抓住了她的手肘，把她扶稳。他凝视着她的双眼。“说真的，”他说，“你真的会写字？”

“你不可以告诉任何人，”比阿特丽丝说，“我本来不应该告诉你的。”

“可你真的会写字？”

“是的。”比阿特丽丝说。

“你是怎么学会的？”

“我也不知道，”她说，“我什么都不知道。我什么都不记得了。只记得我的名字，只有名字。”

“比阿特丽丝。”杰克·多里说。

“比阿特丽丝。”她重复道。

这时，艾迪克修士朝他们走了过来。他的脸上带着忧虑，那只不听话的眼睛在疯狂地转动。

“你是谁？”他问。

“他叫杰克·多里，”比阿特丽丝说，“他差不多和安斯维莉卡一样聪明，但还没它那么聪明。他的父母死了。比斯皮克奶奶爱他，可她也死了。他自己照顾自己，他来这儿是想找一个人跟他回去，把一个士兵的忏悔写下来。有钱赚的。还有，他说他跑得很快，甚至比安斯维莉卡还快。”她顿了顿，继续说道：“我告诉他了。我告诉他我是谁了。”

“嗯，”杰克·多里说，“她说得没错。都对。也可以说大部分都对。”

他朝艾迪克修士点点头，接着给了他们一个微笑。

“啊，比阿特丽丝。”艾迪克修士说。

18

杰克·多里向修道院提出的这个请求，被所有修士们一致认为——除了艾迪克修士——是解决比阿特丽丝问题的完美方案。

这不就是他们祈祷已久的结果吗？一个摆脱她的方法。

是的。

他们可以派她去那个旅馆，去找那个需要写东西的士兵。他们可以让她把山羊一起带走，这样便能和恶魔女孩、恶魔山羊一举划清界线。

“可我们怎么能让她一个人去到那乱世上啊？”艾迪克修士说。

“那个人给她的金子，会让她未来的路变得通畅。”卡迪斯神父说，“她会找到自己的路。别忘记了，她的存在会害了我们。肯定有人正在找她。他们最后一定会找到这儿来的。然后怎么办？她必须走，而且不能再回来。她必须走。”

“她还是个孩子。”艾迪克修士说。

“照我说的做。”卡迪斯神父说，他的声音变得强硬起来，“把羽毛笔、墨水和羊皮纸打包好给她，派她和那个男孩一起去。我会告诉他，不用再把她送回来了。我会告诉他，无论发生什么事，都不能把她送回来。当然，那只山羊也必须走。上帝给了我们一个解决方案，一条出路。这应该就是天意，一定就是天意。”

于是，作为一名懦夫，艾迪克修士执行了卡迪斯神父的命令。他把写字的必要工具、一支蜡烛和一块打火石装进了一个皮书包，还往里放了所有能找到的枫糖。

艾迪克修士为比阿特丽丝打包行李时，想到了自己小时候被送走的画面，他的父亲把他送到修道院，并告诉他永远不要回来了。

人们怎么能把自己的孩子送走呢?

怎么狠得下心和所爱的人说再见呢?

但这就是这个世界的常态，不是吗?一次又一次，这个世界上演的，都是背叛和告别。

怎么有人能忍受得了呢?

19

"你和杰克·多里一起去吧，"艾迪克修士一边说，一边将皮书包递给了比阿特丽丝，"去把那个人说的话写下来。"

"好的，"她说着接过背包，背包沉甸甸的，"然后我就回来找你。"

"以后会发生什么，我们都不知道，"艾迪克修士说，"跟着杰克·多里就是了。听他的话。别说话。真的，比阿特丽丝，装哑巴更好。"

比阿特丽丝点点头。"我会把这个人的忏悔写下来。我会好好保持沉默的，然后等我写完了他的话，我还要写些更好的东西。我要把美人鱼的故事写给你。"

"你的意思是？"艾迪克修士说。

"我的意思是，我会讲一个故事，关于它布满宝石的尾巴和美丽的脸庞。我会告诉你它后来怎么样了。"

她本意是想让他开心，没想到他却哭了。

“艾迪克修士？”她说，“你难道不想听美人鱼的故事吗？”

“想。”他说。他擦着眼泪说，“我想。”

“那我保证，等我回来就讲给你听。”她注视着他那只悲伤的眼睛——那只不听话的、无法静止下来的眼睛。

她喜欢那只眼睛。在她看来，想要观察他们身处的这个扭曲而不协调的世界，这只眼睛比任何一只普通的眼睛都更适合。

艾迪克修士朝她一笑。她知道他并不想笑，可为了她，他笑了。

“我们会找到彼此的。”她说。

“是的，比阿特丽丝，”他说，“我们会找到彼此的。”

他们三个：杰克·多里、比阿特丽丝和一只山羊。

沿着路朝前走时，杰克·多里翻了一个侧手翻，然后又翻了几个前手翻。

“这个你不会吧？”他对身后的比阿特丽丝说道。

“我不会是因为我必须走路，假装自己是修士。”比阿特丽丝说。

皮书包斜背在她肩上，走起来就会拍她的屁股。她感觉心很沉。

可山羊仿佛并不忧虑。安斯维莉卡跑向杰克·多里，踢踢腿，摇摇头，然后又跑回来，镇定自若地走在比阿特丽丝身边。

杰克·多里开始吹一首活泼的曲子。

比阿特丽丝低头看向山羊，说道："我想他是在假装高兴。我想他的内心深处其实很伤心。他爱的人已经死了。在这世界上，他孤苦伶仃。"

安斯维莉卡仰望着她，听着她说话。

"我不害怕，"比阿特丽丝对山羊说，"我不会害怕的。"

安斯维莉卡点点头。

它用头碰了碰比阿特丽丝的腿。比阿特丽丝抓住了它的耳朵。

"我一点儿也不害怕。"比阿特丽丝再次说道。

20

可她害怕了。

旅馆的那个房间里黑漆漆的。

“就这？这就是来记录我忏悔的家伙？你找来的是世界上最小的修士吗？”那个士兵说。

他躺在床上，盖着毯子，通红的脸上布满了汗珠和脓包。他的手在发抖。

“啊，这修士小得根本就不像人。你不会是拿树枝套了件长袍就来欺骗我衰弱的眼睛，欺骗我衰弱的心吧？世界就要被黑暗笼罩了，你却给我找了个这么小的修士。”

“这人就是你要的：一个可以把你说的话准确记录下来的修士。”杰克·多里说，“你可没说要多大的修士啊。”

“说话啊你！”士兵对比阿特丽丝说。

“这个修士是哑巴。”杰克·多里说。

“我闻到山羊味儿了。”士兵说。

“你在胡思乱想。”杰克·多里说。

“算了，算了，这不重要。现在一切都无关紧要了。出去吧，男孩。还有你，小修士，别看着我。把你的眼睛从我身上挪开。”

比阿特丽丝低下头。无论如何，她都不想看那个人一眼。他那么愤怒。闻起来也很可怕。整个房间里弥漫着浓烈的恶臭，仿佛藏了什么东西的尸体似的。

她闭上眼，想起了一些美好的事情，甜蜜的事情。

她想起了安托万修士的枫糖；想起了艾迪克修士给她画的金色字母 B；想起了艾迪克修士的美人鱼，以及缀满它头发和尾巴的宝石。

她想起了修道院里，透过那扇小小窗户照射进来的阳光。

她想起安斯维莉卡把杰克·多里顶飞。

她想起杰克·多里脸上震惊的表情。

是的，这也是一件想想就觉得可爱的事。

她伸出手，那只山羊就在她身旁，它头骨突出的脑袋宛如夏日午后的一块石头，那么坚硬，那么温暖。

比阿特丽丝睁开眼。

“我得出去了。”杰克·多里说。

“别走，请留下来。”她想对他说。可她没有说。相反，她点了点头，杰克·多里也朝她点了点头。

接着，他凑过去，轻声对她说了一个词：“比阿特丽丝。”

只说了那一个词。她的名字。

似乎是在提醒她，她是谁。

然后他就走了。黑暗森林旁的村庄里，小旅馆楼上漆黑的房间里只剩下比阿特丽丝、士兵和安斯维莉卡。而在离修道院不远的城堡里，有一个国师正在和国王交谈。

“陛下，已经派了士兵前往全国各地。找到她是迟早的事。”

“你还记得吗，”国王说，“你来到我跟前，带我去修道院，给我看写在那本巨著上的那则预言？”

“我记得。”国师说。

“真是奇妙的一天啊。”国王说，“我迷路了，正在游荡。我不知道，我做梦也想不到，会有一则那样的预言写的是我。我以为我将度过平凡的一生。可没想到，我坐上了权力的宝座，一手掌握了命运。”

“是啊。”国师说。

“关于我的那些文字……你还记得吗？”

国师清了清嗓子。“小儿子的小儿子，将突破万难，登上王座。”

“是啊，”国王用一种惊奇的声音说道，“突破万难。那就是我。”

“是的。这一切确实成为现实，在一些协助下。”

“因为我们必须采取行动，来实现我们的命运。”国王说。

“是的，陛下。就像我说的，‘要重视预言’。我们也要根据它们来采取行动。我们会找到那个女孩的。”

21

比阿特丽丝挺起胸膛，逼迫自己朝士兵看去。

“别看着我！”他说。

安斯维莉卡走到床前。它的蹄子在木地板上发出一些不吉利的节奏。

“那是什么？”那人说，“是什么恶魔在靠近我？”

山羊把脸凑到士兵的脸前面，他吓得尖叫起来。

“恶魔！”他大喊道。

比阿特丽丝憋住没笑。她打开皮书包，取出羊皮纸，铺在地上。屋里没有桌子。

她点亮蜡烛，准备好墨水。

安斯维莉卡凑过去，嗅着比阿特丽丝的肩膀。她把头埋进皮书包里，发出了一声欢快的叫声。枫糖的香味儿飘进了房间。比阿特丽丝把羊往旁边一推。她在书包里摸索着，找到了一个枫糖小人儿。旁边还有一片叶子和一个星星。她笑了。啊，艾迪克修士。

士兵坐了起来。

“可以了吗？”他说，“我开始讲了？”

比阿特丽丝什么也没说。

“我闻到山羊味儿了，”那人说着，又躺了回去，“但无所谓了。山羊的气味儿无法和天使那可怕的恶臭相提并论。总之，我会忏悔的。”

房间里安静了下来，然而，即使有烛光，也依然太暗。这样的黑暗和安静忽然给了比阿特丽丝一种似曾相识的感觉。和深渊的感觉一样——那个可怕的，不记得了的地方。她感觉虚空就在她身后，在推她，在朝她脖子上呼气。

“我不会动的，”她对自己说，“我要待在这儿。”

她伸手摸了摸安斯维莉卡，就好像在一条黑暗的、快速流动的河流中为自己抛下了一个锚。

比阿特丽丝站住了。她留下来了。

“我要开始了！”那人喊道，“我要说了，你要把它记下来，这一切就会结束。”

比阿特丽丝低下头，面朝羊皮纸。

这个人将做他必须做的事，说他必须说的话。而她也将完成自己的使命。她会把它写下来。然后她和安斯维莉卡就会回到这个世界去——回到杰克·多里身边、艾迪克修士身边，回到阳光下、田野里。

士兵清了清嗓子。

外面传来一阵啁啾——一个明亮的高音音符。

长长的停顿之后，鸟又叫了起来。然后，它唱了一首歌，一首饱含幸福与悲伤、光明与黑暗的歌。

那会是一只什么鸟呢？什么鸟能唱出这样复杂、让人心碎却美好的歌呢？

比阿特丽丝抬起头来。她仔细地听着。接着，她明白了。

那是杰克·多里。

她的心里瞬间涌入了光明。他想让她知道他在那儿，就在附近，她不是孤单一人。她笑了。

对她来说，杰克·多里会假装成一只鸟是非常合理的。他以同样的轻盈姿态在世界中穿梭。

她又想起来，他离开之前，在呼唤她的名字。

比阿特丽丝。

“我是比阿特丽丝。”她轻声对自己说。她往嘴里放了一颗枫糖。甜蜜立即在她口腔中绽放开来。

“我杀了……”那个人说。

一听到这三个字，所有鸟儿、歌声和甜蜜瞬间飘离了比阿特丽丝的大脑。

她的心中充满了恐惧，变得沉甸甸的。

“我杀了多少人？”那个人说，“我也不知道。这样写吧，我杀了一个又一个人，数不清了。那是在打仗，作为一个士兵，我应该，也必须参加。还有我应国王的要求，特别是应国王要求进行的杀戮。这一切我都无怨无悔。是的，无怨无悔！”

比阿特丽丝觉得房间倾斜了一下，然后又自己正了回来。

她扔下羽毛笔，抓住了安斯维莉卡的耳朵。

“你在写吗？”那人喊道，“快写下来！”

可她不想写。谁会愿意写下如此可怕的文字呢？

“写！”士兵喊道。

比阿特丽丝松开山羊的耳朵。她拾起羽毛笔，蘸了蘸墨水。她写道：“我杀了”。她的手在颤抖。

“我几乎一点儿都不后悔，”士兵说，“但那些孩子，我很后悔。那一定就是天使想要记录下来的事情。我很后悔杀了那些孩子。”

比阿特丽丝向上望去。她努力保持着静止不动。

“我杀了他们，两个男孩和一个女孩。写下来。”

可比阿特丽丝没法写。她无法动弹。某种麻痹折磨着她。她注视着烛光，看见一个蜷缩着的生物，正在发光。

那是什么？

海马。一匹海里的马。

海马，海马，海里的马。

这时，这个生物突然翻滚着穿过黑暗，离开了她。

比阿特丽丝用手蒙住眼睛，然后低下头，面对着地板。

那个人正在号啕大哭。

安斯维莉卡轻轻地撞了撞比阿特丽丝。

比阿特丽丝抬起头，放下手，看了看山羊。

“坚持住，”山羊仿佛在说，“坚持住。别走。”

这时，士兵说道：“床底下有一把剑，就是干那些事时用的那把剑。我无法把它洗干净了。它也不会干净了。”

这些话仿佛是从很远很远的地方传来的。

安斯维莉卡再次轻轻地撞了撞比阿特丽丝。

“别走。坚持住。”

这时，比阿特丽丝想起来，自己答应过艾迪克修士，要给他讲美人鱼的故事。

美人鱼。

比阿特丽丝再次朝羊皮纸俯下了身。她画掉了“我杀了”三个字。

她写道：“从前，有一条美人鱼。”

22

杰克·多里坐在比斯皮克奶奶小屋的屋檐下。他把凳子向后仰，靠在温暖的墙上，把脸面朝太阳。他闭上双眼。

他想象着漆黑房间里的比阿特丽丝，想象着她在写字。

一个会写字的女孩！真不敢相信，太奇怪了。

也非常危险，这一定就是那些修士不想让比阿特丽丝回去的原因。

“太危险了。”杰克·多里自言自语道，“注意，这很危险。麻烦有一条长长的尾巴。嗯，我必须和这个女孩寸步不离。她必须有人保护。”

于是，他把她放在了心中最重要的位置上。

比阿特丽丝。

他希望她平平安安。

杰克·多里知道，你无法保证人们的安全。尽管如此，他仍然在心里守卫着比阿特丽丝——会写字的比阿特丽丝，和山羊在一起的比阿特丽丝，哈哈大笑的比阿特丽丝。

他听见一阵马蹄声。

他的眼睛仍然闭着，后背仍然靠在温暖的墙上，可心却猛烈跳动起来。

马是稀罕的东西。

只有国王和国王的手下有马。当村里有一个会写字的女孩时，一个国王的士兵正好出现在这里，这可不是什么好事。

麻烦有一条长长的尾巴。

马蹄声愈来愈近，愈来愈近。杰克·多里的心跳得更快了。接着，有人下了马，一把剑叮咣作响。

杰克·多里心想："好吧，那就来吧。"

他把凳子朝前放平，双脚踩地，睁开了眼睛。

一个国王的士兵就站在他面前。

"小子，"那个士兵说，"你们村有没有来陌生人？"

"陌生人？"杰克·多里说。

"就是你不认识的人。"

"啊，我不认识的人。没有。"

"这儿没发生什么不一样的事情吗？"士兵说。他的眼睛很小，手一直放在剑柄上。

“一切都和往常一样，”杰克·多里说，“没有任何改变。这个小地方一直保持着原样，这是个诅咒。”他笑了笑。

“那我就再说清楚一点。有没有一个小女孩，独自一人到村里来寻求庇护的？”

杰克·多里的心一沉。

比阿特丽丝。

他望着士兵的眼睛。那双小眼睛里没有任何光彩，没有任何怜悯。

“什么女孩我都没见到。”杰克·多里直视着他的眼睛说。真希望自己的心跳可以慢一点，慢一点。

“知道了，所有人我们都会问一遍的，”国王的士兵说，“我们会挨家挨户调查，质问每一个人。说谎是会掉脑袋的。我们在执行陛下亲嘱的任务。是国王在找这个女孩。你明白吗？”

“明白，”杰克·多里说，“是国王本人。”他笑了笑。

“没什么好笑的，小子。那个女孩中了魔法。她对自己和对遇见她的人都很危险。”

“可我没笑啊，”杰克·多里说，“我笑了吗？我也不认识什么危险的女孩。”

“那士兵呢？你见过一个士兵吗？”

“士兵？”杰克·多里说。他始终面带着笑容，“是在逗我吗？现在在我面前的不就是个士兵吗？”

“我要搜查你的屋子。”士兵说。

“请搜吧。”杰克·多里说。他朝门的方向挥挥手，接着又把凳子仰了回去，抬头面朝太阳，闭上了眼。

他听见这个士兵跨过了比斯皮克奶奶小屋的门槛，然后又走了出来。他听见一只蜜蜂在嗡嗡飞舞，接着，终于传来了士兵离去的马蹄声和马刺发出的叮当声。

杰克·多里继续闭着眼。他等了很久，很久。蜜蜂嗡嗡地陪伴在他脑袋旁。

他经常觉得，如果比斯皮克奶奶愿意从另一个世界回来的话——那是一个不同的世界，比这个世界更有秩序——那她应该会变成一只蜜蜂。

因此，杰克·多里常常和所有的蜜蜂说话，每一只蜜蜂。

“没事了，比斯皮克奶奶，”他低声说，“别担心。我不会做傻事的，我保证。”他睁开眼。

蜜蜂就在他面前，嗡嗡嗡地飞着。

“但我再也不会袖手旁观了。”杰克·多里说，“不，我永远也不会再逃跑了。不会了。我向你保证。”

23

慢慢地，杰克·多里把翘起的凳子腿又放回到地面上。他站了起来，伸了个懒腰，说道："比斯皮克奶奶，我们现在就去把她带出来吧。"

他走进了旅馆。

"又要干吗？"旅店老板娘说，"这儿永远也不得安宁。总是有人要这个要那个的。"

"嗯，"杰克·多里说，"那你，也和那个士兵说过话了。"

"他在找一个奇怪的孩子。"

"他上楼了吗？"

"我告诉他楼上什么也没有，只有一个修士和一个快死的人。可他还是非要上去看看。然后他马上就下来了。他说：'天哪，楼上有股死亡的味道。还有一只山羊。你可没说有山羊。那只羊暴躁极了！'他哈哈大笑。我没和他一起笑。对我来说，一只脾气暴躁的羊没什么好笑的。”

“我想我该去看一下那只山羊了。”杰克·多里说。

“随你的便吧，爱干吗干吗。”她摇摇头，“一个中了魔法的女孩就是他在寻找的人。国王想找到她，如果你能相信这种事的话。”

杰克·多里能相信这种事，于是他慢慢爬上楼，担心会发现什么。

那个漆黑的房间里，那个人正在流泪，仿佛永远也停不下来了。毯子盖在他的头上。

比阿特丽丝在地上。她趴在一张羊皮纸上，写啊写。

山羊在她旁边。它看了看比阿特丽丝，然后看了看杰克·多里，然后又看了看比阿特丽丝，好像在说：“这里的情况，你都看见了。”

“我看见了。”杰克·多里对山羊说。

“比阿特丽丝。”他说，接着他反应过来自己不该叫她名字的。

可她并没有抬头，那个人也没有停止哭泣，仿佛杰克·多里根本没有说过话似的。

“比阿特丽丝。”他再次低声说道。

他弯下腰，扶住比阿特丽丝的肩膀，摇了摇她。山羊把脑袋塞进他们中间来——不知是要劝和还是要帮忙，杰克·多里无法分辨。

它真是只特别麻烦的山羊。

杰克·多里开始对它有些好感了。

“我们得走了。”杰克·多里对比阿特丽丝说。他把她拉了起来，不小心打翻了那瓶墨水。黑色的墨水就像黑色的血液，在地板上漫延开来。

比阿特丽丝看了看墨水，又看了看杰克·多里。她向他身后看去，说道：“床底下有一把剑。”

“一把剑？”杰克·多里说。

“床底下有一把剑。”比阿特丽丝说。

似乎有人给她下了咒语，让她只会说“床底下有一把剑”这几个字了。

“很好，”杰克·多里说，“我去床底下找找那把剑。”他弯下腰，把手伸进床下，感觉到某种沉甸甸、冰凉凉的东西。他把那东西拽出来，拿了起来。

一把剑——剑刃很长，很可怕，静静地闪着光。

那个黑胡子强盗的脸在杰克·多里的脑海中一闪而过——那个强盗，和他叼在嘴里的那把刀。

杰克·多里认为，拥有这样一把剑会非常有用的。

安斯维莉卡顶了顶他的腿。

他低头看了看它。“是的，”他把剑放低，说道，“你说的对。我们必须走了。”

士兵突然掀开了头上的毯子，喊道：“她回来了！你看见她了吗？她回来了！”

“比阿特丽丝，”杰克·多里说，“我们必须走了。”他推着她，走出房间，下了楼。

山羊跟在后面，它的蹄子在木制台阶上咔嗒作响。

在他们前面，有一只蜜蜂在幽暗的光线里盘旋。

“好了，奶奶，”杰克·多里低声说，“我把她带出来了。我会保护好她的。”

山羊发出一声怪叫，仿佛在说：“快走，快走，走快点儿。”

他们身后的房间里，突现一道闪光，一阵恶臭，接着传来一双巨大的翅膀拍打在一起的声音。

那把剑很沉，在杰克·多里手中显得威风凛凛。

城堡里，小儿子的小儿子，也就是现在的国王，正在看表演，却心烦意乱。他坐在王座之上，伴随着宫廷乐师的歌声及时鼓掌，在宫廷小丑表演时哈哈大笑，在杂耍表演时假装惊奇。

那国王的国师呢？

他穿着他的黑袍，独自一人，站在要塞里。他眺望着大地。立于要塞之上，国师能看见很远很远的地方。他能一直看到阿伯拉尔城堡矗立在悬崖之上，俯瞰着大海。

“问题是，”国师说，“到底是做国王好，还是做国王背后的人更好呢？换句话说，做傀儡好，还是做傀儡的主人好呢？回答我，比阿特丽丝，你不是知道所有问题的答案吗？阿伯拉尔家的比阿特丽丝，你能为我回答这个问题吗？”

国师露出一个细微的、扭曲的微笑。

“不急，我可以等你的答案。我是个有耐心的人。在我等待的时间里，也许我还能去问你母亲几个问题。”

第三部分
黑暗森林里的秘密

24

他们去了黑暗森林。

黑暗森林不安全。可当下，那儿肯定比村里安全，反正杰克·多里是这样说的。

比阿特丽丝不知道，也不关心黑暗森林。她不知道，也不关心安不安全。她发现自己什么也不愿意关心了。她的身体很沉重，四肢很虚弱，感觉好像睡了一千年。

有个故事，讲的是一个人被迫沉睡了一千年。他醒过来一看，天空中已斗转星移，太阳也不再从东边升起，而是从西边升起了。他不禁喊道："我现在身处于什么世界，我该怎样在这个世界里生活下去？"

这个故事是某个人讲给比阿特丽丝听的。

是谁呢？

她想不起来了。

她什么也想不起来，什么也想不起来。

他们走进黑暗森林的深处，仿佛走入了一个庞大的绿色洞穴。

“我现在身处于什么世界，我该怎样在这个世界里生活下去？”

他们完全被树木包围时，杰克·多里转向她，放下了剑。他搂住她的肩膀。“比阿特丽丝，”他说，“比阿特丽丝。”

他轻轻地摇她。“快醒醒，”他说，“你必须醒来。”他抓起她的手，放在安斯维莉卡的头上。

“比阿特丽丝，”他说，“我需要你。”

有了这些话，有了她手掌下面温暖而坚硬的山羊脑袋，世界变得更近了。比阿特丽丝感觉某种东西一边在她心里翻滚，一边开始吟唱。

她凝视着杰克·多里的眼睛。他笑着对她说：“你醒来了。听着，听我说。他们在追我们。我想我们应该爬到这棵树上去。这棵树那么高，能看见来的人是谁，我们可以躲在上面。”

“可安斯维莉卡怎么办呢？”

“什么怎么办？”

“它不会爬树。”

杰克·多里低头看了看山羊，笑着说道："好像是那么回事。如果是这样的话，我不会让任何人从它身边经过的。让山羊待在树下保护我们。你看怎样？"

他仰头朝树上看去。"需要我抱你吗？"他问比阿特丽丝。

"不用。"说着，她走过他身旁，抓住一根低处的树枝，荡了几下，整个人就荡到了树上。

"哈，"杰克·多里说，"有人教你读书写字，还有人也教了你如何爬树。"

他朝她微笑着。

"给，"他说，"我爬的时候，你帮我拿一下剑。"

"不，"她说，她感到一阵可怕的战栗传遍全身，一阵黑暗猛烈袭来，"我不想拿。"

"拿着，这样我才能腾出手来爬树。"

"不。"她再次说道。

杰克·多里叹了口气。他把剑插进地里，自己荡上树去，然后再勾下身子来，把剑提了上去。

他俩坐在同一根枝干上，安斯维莉卡仰头望着他们，不安地走来走去，仿佛在思考怎样才能爬上树。

"待在那儿，"比阿特丽丝对山羊说，"你得保护我们。"

"帮我拿着剑，我再爬高一点儿。"杰克·多里说。

“我不要拿那把剑，”比阿特丽丝说，“别再叫我拿了。”

“那好吧，”杰克·多里说，“那我们就待在这儿吧，哪儿也不去了。在黑暗森林里，在一棵树的矮树枝上，被一只山羊守卫着。这一定是正确的。能有什么问题呢？”

他吹起了口哨。

“我听见你对我吹口哨了，”比阿特丽丝说，“早些时候。之前。”

“嗯，”杰克·多里说，“是的。”

“我想再听一遍那首歌。”比阿特丽丝说。

“我不知道该不该吹，”杰克·多里说，“他们还在追我们呢。”

“谁？”比阿特丽丝说。

“国王的士兵，”杰克·多里说，“这就是拥有这把剑的好处。”

“那个人说，他用这把剑杀的人，数都数不清。”

“他还忏悔了什么？”杰克·多里问。

“我不记得了。我不想记得。”她的脖子上感觉到了来自深渊的黑暗气息。她战栗起来，“艾迪克修士在哪儿？我想见艾迪克修士。我想回修道院去。”

“你不能回去。没有回头路了。”

好可怕的一句话！

“他们在找你，”杰克·多里说，“他们肯定会去搜查修道院的。是国王本人想要抓你。我不知道为什么。我猜是因为你会写字。他们说你中了魔法。”

我现在身处于什么世界，我该怎样在这个世界里生活下去？

风穿过树叶，比阿特丽丝觉得风也穿过了自己，仿佛她是某种空心的东西。

“那只是文字而已，”她说，“不是巫术。只是字母和词语。”她低头看着自己的手。她的右手拇指和食指上有黑色的污渍——是墨水。

“词语就来自于这儿，”她想道，“那被染黑的指尖。”

“那个人还忏悔了什么？”杰克·多里问。

“我说过我不记得了。你干吗一定要知道？讨厌。”

“嗯，好吧，你也讨厌。”杰克·多里说，“毕竟，都是因为你，我才躲在黑暗森林里的一棵树上。”

他们身下，安斯维莉卡咩咩咩地叫了起来。

远处传来了脚步声，有人正在穿过树林。

“嘘。”杰克·多里说。

“别跟我‘嘘’，”比阿特丽丝低语道，“我很清楚什么时候该安静。我又不是笨蛋。”

“嘘。”杰克·多里再次说道。

比阿特丽丝朝他翻了个白眼，然后身体向前倾，但什么也看不见。

有一个声音说道："啊，看啊。一只山羊。一只可爱的山羊。"

接着，这个声音把文字唱成了一首歌：

绿色的森林里，
有一只可爱的山羊，独自一人
等待着我。
你好，我孤独的小可爱，
你好，我可爱的山羊，
独自一人。
你愿意随我走吗？
在绿色的森林里，
我可爱的山羊在等待。
你愿意和我去玩吗？
和我一起？

真是一首非常动听的歌，歌者的声音也十分动听。

歌曲唱完后，是一段小小的沉默，接着传来了一个熟悉的声音——安斯维莉卡的脑袋狠狠地撞在一个人类身体上发出的声音。

比阿特丽丝和杰克·多里连忙趴出去张望。

一个人飞上了空中，一个身着长袍，留着一头银灰色长发的人。

比阿特丽丝分不清那是男人还是女人。长袍是灰色的，头发也是灰色的，总的来说，这个生物看起来更像是一个鬼魂，而不是人类。

但奇妙的是：不管那是男人、女人，还是鬼魂，他都在笑。

25

躺在地上的是一个男人。

他仰面朝天，哈哈大笑。他的腿蜷缩在胸前，一直笑个不停。

至少杰克·多里认为那是在笑。他不确定。不知是出于悲伤，还是喜悦，那个人好像完全失去了理智。

那个人的头发很长，胡子更长。胡子都几乎能垂到膝盖了。

安斯维莉卡站在这个人跟前，低着头，仔细打量着他。

“啊，山羊，山羊，”那个人唱道，“乖乖。山羊，山羊，可爱的山羊，你愿意和我一起去游荡吗？乖乖。”

他坐起来，拍了拍安斯维莉卡的脑袋，山羊没有反抗。

这个人用袖子擦了擦眼睛，抬起头朝树上望去。

杰克·多里抓住比阿特丽丝的肩膀，把她拉了回去。

“躲起来也没用，”那个人说，“我知道你们在那儿。我能闻到你俩的气味。这种气味我清楚得很，甚至比山羊的气味还要重。你们身上有恐惧的气味。”

杰克·多里听见比阿特丽丝急促地吸了口气。

“害怕是对的，”那个人说，“你们不可能平平安安地穿过这片森林。这片森林是邪恶的港湾。不过，我是这么想的，我可以为你们提供一条安全的通道。我对这片森林了如指掌。”

接着传来砰的一声。

杰克·多里和比阿特丽丝连忙探出身去。

那个人又躺倒了，一边在森林的地面上滚来滚去，一边哈哈大笑。“也许我不会给你们提供安全的通道，”他说，“因为你们的山羊——乖乖——你们的山羊好像想杀了我。”

“先生！”杰克·多里说，他从那根弯曲的枝干上站了起来，并把剑握在了胸前，“我建议你看看我手里握着什么。”

“别。”比阿特丽丝说。

杰克·多里没理她。他说：“先生，你以为我们会赤手空拳地穿越这片森林吗？你以为我们是傻子吗？我们不是傻子。我非常清楚这片森林里隐藏着什么，发酵着什么。我知道这儿住着什么样的恶魔。”

一阵长长的沉默。

安斯维莉卡发出一阵提问似的咩咩叫。

“我们在国王的保护之下，”杰克·多里说，“你得知道，我们在处理皇家事务。事实上，我们正在给国王带去一个消息。”

“胡说八道。”比阿特丽丝低声说。

是啊，是胡说八道。可杰克·多里觉得在这样的情况下，应该说谎。进一步说，为什么不编一个聪明的谎言呢？不如就把他们正在逃离的地方，说成是要前往的地方好了。

“我们身负重要的信息，”杰克·多里说，“事关整个王国的命运存亡。和我一起在树上的这个修士——你看见他了吗？他是个哑巴，因为各种原因，有点发育不良。”

杰克·多里越编越起劲了！

比阿特丽丝在他大腿上拧了一把。

“哎哟，”杰克·多里说，“就像我说的，这个发育不良、身体畸形的修士是国王的私人抄书吏，我必须保证他能安全地回到国王身边去。这样信息才能被送达。”

那个人不再哈哈大笑。他站了起来，仰望着他们俩，打量着他们。他的皮肤很光滑，没有一丝皱纹，然而他却拥有那样一把银灰色的长胡子，这着实让人感到困惑。

“你们要给国王带口信？”那个人说。

“对，”杰克·多里说，“是的。”

那个人再次哈哈大笑起来。“你们要给国王带口信，给国王——哈哈哈——带口信。”他弯下腰，双手撑着膝盖，“啊，天上的星辰和圣人啊，快低下头来看看我吧——哈哈哈——和我一起笑吧。”

安斯维莉卡抬起头看了看比阿特丽丝和杰克·多里，然后又看了看那个哈哈大笑的人，然后又看了看他们，仿佛在说：“这是一个很好的人类样本。我应该让他再飞一次吗？”

“他疯了。”杰克·多里对比阿特丽丝说。

“我没有发育不良。”比阿特丽丝说。

“你的性情发育不良。”杰克·多里说。

那个长胡子终于笑够了。他说：“听着，你们迟早都要从树上下来的。不如现在就下来吧。我不会伤害你们的。我保证。我不会干涉的——哈哈哈，啊，天上的星辰和圣人啊，太讽刺了！多么甜蜜的讽刺啊！——给国王带口信。”

杰克·多里站在树上，比阿特丽丝在他身边，山羊和那个人在他们下面。杰克·多里手里握着那把剑。鸟儿们在歌唱。

一只蜜蜂在他头顶上懒洋洋地绕着圈子。

“我相信他。”比阿特丽丝低声说。

“我不相信他。”杰克·多里说，他并没有压低声音。

“安斯维莉卡相信他。看见没？它没有再攻击他了。”

“羊信不信有什么关系？”

“我要走了，”比阿特丽丝说，“随便你吧。”然后她便开始往下爬。

比阿特丽丝对黑暗森林的了解有多少？

一只山羊又怎么能知道该相信谁？

他们什么也不知道。

可说真的，杰克·多里还能有什么选择呢？

没有。

比阿特丽丝去哪儿，他就得去哪儿。

不知不觉中，事情变成了这样。他不确定是怎么回事，可无论她去哪儿，他都得去。

杰克·多里叹了口气，跟上了比阿特丽丝。

26

长胡子领着他们穿行在森林里。他们在他身后排成一列：第一个是安斯维莉卡，然后是比阿特丽丝，最后是杰克·多里。

山羊把腿抬得老高，趾高气扬地走着，仿佛自己才是老大。它时不时地朝身后一瞥，看看比阿特丽丝。

“你在吗？”安斯维莉卡仿佛在说，“和我在一起吗？”

“是的，”比阿特丽丝用眼神回答，“我在。”

至于杰克·多里，他仍然把那把剑举在胸前，每次比阿特丽丝转过头去，都能看见那把寒光四射的剑正在散发着可怕的杀意。

那把剑知道一些事情。

那把剑想要讲述一个可怕的故事。可比阿特丽丝不想听那个故事。

她想起了杰克·多里说的：国王正在找她。

国王！

她低头看着自己的拇指和食指，看着上面的墨渍。

是的，国王正在找她，因为她会读书，会写字。

她感觉内心深处的黑洞正在扭曲，扩张。

她是谁？

安斯维莉卡再一次回头看了看她。比阿特丽丝朝它笑了笑。

他们继续走着。

天黑时，森林一片苍翠。

长胡子忽然转过身来，说道："我此生加入过无数个队伍，但从来没有这么奇怪的。我可以让山羊跟在我屁股后面，但无法忍受一把剑指着我的后背。小伙子，放下你的剑吧。我向你保证，我没有恶意。"

"呵呵。"杰克·多里说。

"放下剑，告诉我你叫什么名字。"那个人说。

"他叫杰克·多里，"比阿特丽丝说，"我叫比阿特丽丝，这只山羊叫安斯维莉卡。"

"啊，"这个人说，"原来你不是因为各种原因发育不良的哑巴啊。"

"我是比阿特丽丝，"比阿特丽丝说，"你是谁？"

“我是谁？我是一个很久以前就放弃了自己名字的人。”那个人微笑道。他捋了捋胡子，“事实上，很久以前，我放弃了一切。不过你可以叫我……我想想……坎诺克。我猜，有名字比没名字更方便些。”

“坎诺克。”比阿特丽丝说。

“嗯。”他说。

“你要带我们去哪儿？”杰克·多里问。

“放下剑，”坎诺克说，“我就告诉你。”

杰克·多里哼了一声，放低了剑。

“我带你们去一个安全的地方，”坎诺克说，“你们必须相信我。”

“我的父母就死在这片森林里，”杰克·多里说，“这里的任何事，任何人，我都不可能相信。”

坎诺克点点头。“这儿发生了很多可怕的事，”他顿了顿，继续说道，“但后来，到处都发生了可怕的事。”

“嗯，”杰克·多里说，“是的。”

“再走一小段路我们就安全了，”坎诺克说，“你们愿意和我一起再待一小会儿吗？”

“愿意。”比阿特丽丝代表他俩，不，代表他们仨说。

她信任这个人。

为什么？

因为他唱给安斯维莉卡的那首歌很动听。因为他笑得很无邪。

那她为什么信任杰克·多里呢？

因为他会吹口哨，会翻跟斗。因为他来到那个漆黑的房间里找她，把她救了出来。

那艾迪克修士呢？她信任他，是因为他那只不听话的眼睛、他金色的字母，还有他无比的温情。

还有那只山羊。比阿特丽丝信任安斯维莉卡，是因为它头骨突出的脑袋，它柔软的耳朵，它狂躁而决不妥协的爱。

这些是值得信任的理由吗？

她不知道。

她只能说，她确实付出了信任。

“杰克·多里？”坎诺克说。

“好吧。”杰克·多里说。

坎诺克点点头。他转过身，继续向前走。

安斯维莉卡给了比阿特丽丝一个严肃而明确的眼神。它转过身，跟上了坎诺克。

比阿特丽丝跟上了山羊。

杰克·多里跟上了比阿特丽丝。

“坎诺克？”比阿特丽丝说，“你还能再唱首歌吗？能再唱一遍‘绿色森林里有只可爱的山羊’那首歌吗？”

坎诺克哈哈大笑。“可以。”他说。

接着，他便唱了起来。

27

当然，杰克·多里是对的。

国王的亲卫军来到了修道院，搜寻比阿特丽丝的下落。他们就在那天来的。没花多少时间，他们便得知，确实有个女孩来过那儿，而艾迪克修士就是找到她的人。

他们质问他时，他一直在流泪。

他流泪，是因为害怕。

但更大的原因是，后悔不该让她离开自己。他真应该和她一起走。

“听着，你这个眼睛乱转的家伙，”其中一个士兵说，“赶紧老实交代。这个孩子，这个女孩，她会读书，会写字？”

“是的。”艾迪克修士说。

“那她就是国王要找的人，”士兵说，“就是她。”

此时此景，艾迪克修士忽然忆起，自己年轻时，站在卡迪斯神父面前，说道："上天对我说了些话。"

"说出来吧。"卡迪斯神父说。

"有一天，会出现一个女孩，推翻一个国王，带来前所未有的变革。"年轻的艾迪克修士说。

"你的话将会被写进《悲伤王国编年史》里。"卡迪斯神父说。

这是艾迪克修士的首批预言之一，他从未深究过这句话的含义。但现在，他忽然明白了。

是比阿特丽丝。

这个预言说的就是比阿特丽丝。

"是的，"说着，他抬起头，直视着那个士兵的双眼，"她就是那个人。"

士兵们把修道院搜了个底朝天，终于悻悻离去。艾迪克修士赶紧把羊皮纸、羽毛笔、打火石和蜡烛匆匆放进一个皮书包里。他听见了父亲的声音："哟嗬！伟大的战士准备战斗了！"

"是的，"艾迪克修士对父亲说，但他父亲并不在那儿，而是早已经死了，"我准备好了。"

他走进厨房，向安托万修士讨了一捧枫糖。

"给那个女孩的？"安托万修士说。

艾迪克修士点点头。

“你找不到她的。”安托万修士说。

“就算找不到，”艾迪克修士说，“我也必须去试一试。”

安托万修士摇摇头。“你的任务是给《悲伤王国编年史》鎏金，是聆听预言。这事儿你管不了。你要是走了，卡迪斯神父是不会让你回来的。”

“尽管如此，”艾迪克修士说，“我还是要去管一管。至少我要去试一试。”

安托万修士再次悲痛地慢慢摇了摇头，然后把他所有的枫糖都给了艾迪克修士。这些糖他攒了很久：有花朵的形状，有鸟儿、叶子、新月和星星的形状，当然还有迷惘的小糖人儿。

他把艾迪克修士长袍上的许多口袋都装满了。

艾迪克修士离开修道院之前，来到了存放《悲伤王国编年史》的房间。他在书上翻找着，找到了他年轻时说过的那些文字。

“有一天，会出现一个女孩，推翻一个国王，带来前所未有的变革。”

是的，就是这句话。卡迪斯神父亲手写的。

艾迪克修士不可置信地摇摇头。他拾起羽毛笔，在那则预言旁写下日期和自己的名字，然后写道：

这一天，我确实去寻找预言中所说的那个人了：一个名叫比阿特丽丝的孩子，一个会读书、会写字的女孩，一个让我（以及一只名叫安斯维莉卡的山羊）相信爱、相信温情、相信某种大善的孩子。

在这些文字旁边，艾迪克修士画了一幅小小的画。

一条美人鱼。

接着，他走出了存放《悲伤王国编年史》的房间，走出了修道院，走进了接骨木花绽放的田野。黄色的花朵垂着头，轻抚着他的身体。

“懦夫，”他听见父亲在说，“你肯定不具备军人的素质。你就只能当个修士，其他地方没有你的容身之地。”

“我的容身之地，”艾迪克修士大声地说——对空气，对所有人，对他的父亲，对那些花说——“就是在比阿特丽丝身边。”

首先，他去了那个旅馆。

在那儿，他发现那个想要写下忏悔的人已经死了，而比阿特丽丝当然已经不见了。

杰克·多里也不见了。

山羊呢？

也不见了。

他们待过的那个房间的地板上，有一摊墨水印记，看起来就像是另一个王国的地图，或是另一个世界，一个完全不同的地方。

“你看见他们朝哪儿走了吗？”艾迪克修士的目光离开了地板上的墨水，抬起头向旅馆老板娘问道。

“我什么也不知道，”她说，“不管是什么人来问我，我都一概不知。我看见杰克·多里领着那个修士和那只山羊走进黑暗森林了吗？我没有。我看见杰克·多里握着一把剑了吗？我没有。这张羊皮纸是那个小修士留下的吗？据我所知，他没有。我不知道这玩意儿是从哪儿来的，对吧？”

老板娘将一张羊皮纸递给艾迪克修士。

他捧了起来，看见了那些被画掉的文字——“我杀了”——和留下来的文字：

“从前，有一条美人鱼。

从前，有一条美人鱼。

从前，有一条美人鱼。”

同样的文字，一遍又一遍，反反复复地写在那里。

“我什么也不知道。”老板娘说。

“我也是，”艾迪克修士说，“我也什么都不知道。不过还是要谢谢你。”

于是，艾迪克修士照着老板娘指给他的、她一遍遍强调她什么也不知道的那个方向，朝黑暗森林走去。

傍晚时分，太阳西沉，长长的光线给万物笼罩上了一层金色。

他认为自己能找到比阿特丽丝吗？他不知道。

但他认为重要的是，他应该去寻找她，他应该一直找下去，永不放弃。

艾迪克修士在即将消失的光线里继续向前走。

他想起《悲伤王国编年史》和书里面鎏金的小美人鱼。

它的头发和尾巴上布满了宝石。

它的脸呢？

它的脸就是比阿特丽丝的脸。

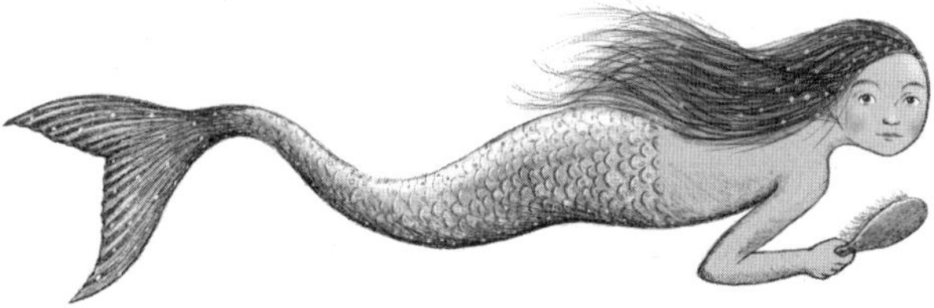

28

他们又在树里面了。

不过不是在树枝上，而是在树干里。他们走进了一扇门，那扇门是在一棵巨大的树上劈出来的，现在他们来到了树干里。

杰克·多里一辈子也忘不了这儿有多神奇：打开一扇门，进入另一个世界，一个隐藏在已知世界里的世界，这是什么感觉——这是不可能的，但又是真实存在的。

在这个舒适的树洞里，有一张原木劈开的粗犷桌子和一把椅子，树根中间有一张床，地上还铺着熊皮地毯。

“哇，”比阿特丽丝说，“太漂亮了。”

“坐吧。”名叫坎诺克的那个人说着，指了指地毯。

杰克·多里和比阿特丽丝坐了下去。

但是山羊依然站着，它谨慎地审视着四周。

坎诺克给了比阿特丽丝和杰克·多里一人一块蜂脾。

“吃吧。”坎诺克说。

“谢谢。”比阿特丽丝说，可她很快就睡着了，她背靠着山羊，手里还握着没吃过的蜂脾。

坎诺克注视着她。她空着的那只手伸了出来，好像要抓住什么。山羊低下头，比阿特丽丝抓住了它的耳朵。

“这么说，她只是打扮成了修士，”坎诺克说，“剃了头。她的名字叫比阿特丽丝。”

“嗯，”杰克·多里说，“她是比阿特丽丝。”他咬了一口蜂脾，很甜，很浓。

他看着坎诺克——他有一把长长的胡子，脸上没有皱纹，他巨大的手掌松弛地放在膝盖上。

比阿特丽丝信任他，因为山羊不打算杀死这个人——他猜，这证明了某种程度的信任。

杰克·多里说：“她会读书，还会写字。”

坎诺克点点头。

“国王在找她。我们根本不是要去找国王，而是要逃离他的追捕。我相信国王想要伤害她。”

“国王们，”坎诺克说，“都不知道自己想要什么。当然，除了一样东西：他们想要继续当国王。”

蜂脾从比阿特丽丝的手里滑落，但她仍然抓着山羊的耳朵。

“所以……”坎诺克说。

“所以，”杰克·多里说，“《悲伤王国编年史》修道会的修士们给她剃了头，给了她一件修士的长袍，可他们不敢把她藏在那儿。他们很高兴处理掉了她这个问题。除了一个叫作艾迪克的怪眼修士。他不想把她送走。可修道会的头头，掌事的那个人，告诉我无论如何不能把她再送回去。谁能想到上帝的使者会如此懦弱呢？”

“很有可能，如果像那些修道士那样书写世界历史，详细描述人们对彼此所做的可怕事情，谁都会感到害怕的。”坎诺克说。

安斯维莉卡的眼睛闭着，可它发出了一声哼唧，仿佛是不同意这个观点。

“比阿特丽丝，”坎诺克轻轻地说，“啊，比阿特丽丝。”

“比阿特丽丝。”杰克·多里也说道。他喜欢叫她的名字。

坎诺克趴了过去，近距离打量着比阿特丽丝的脸。

安斯维莉卡睁开眼，冷酷地凝视着这个人。

“当心那只山羊。”杰克·多里说。

“放心吧，”坎诺克说，“我对这只山羊非常尊敬。”

“你那样看她做什么？”杰克·多里说。

“只是想仔细看看她的脸。”坎诺克说，“我在一生中看过许多面孔，而大多数我都一眼带过，根本没有仔细看过它们。现在我正试图弥补这一点；我正在努力用心去看。”

有一只蜜蜂围绕着杰克·多里的头嗡嗡地飞舞。他举起手指，蜜蜂便在它附近嗡嗡嗡地盘旋起来，然后飞离他，去到坎诺克身边，然后消失在了他的长胡子里。

坎诺克朝后一仰，笑了起来。

比斯皮克奶奶变的蜜蜂竟然会藏在他的胡子里，他到底是谁啊？

“你是谁？”杰克·多里问。

“坎诺克，我说过了。”

“嗯，”杰克·多里说，“你是说过了。”

坎诺克点点头。他抬起手，捋了捋胡子。

在他的胡须里，那只蜜蜂嗡嗡地飞舞着。

29

她做了个梦。

她在一棵巨树温暖的树洞里做了个梦。

她在一个伏在她身旁的长胡子男人身边做了个梦。

她在一个剑靠在腿上的男孩面前做了个梦。

她靠着一只温暖的山羊做了个梦。

她伴着一只嗡嗡嗡的蜜蜂做了个梦。

她梦见了什么?

她梦见了自己。

她远远地看着。

她看见自己站在一个家庭教师面前。

她看见自己低头看着家庭教师手里的海马。

“海马,”家庭教师说,“一匹海里的马。”

“它还活着吗?”比阿特丽丝问。

“已经死了。”家庭教师说。

“让它活过来吧。”比阿特丽丝说。

“我做不到，比阿特丽丝。”

这位家庭教师有一头黑色的卷发。他的头顶上有一个摇摇欲坠的雏菊花环。家庭教师不知道自己戴了个花环。

比阿特丽丝的两个弟弟笑着走到一旁。

是他们把花环戴在家庭教师头上的。他们认为他过于严肃，觉得偶尔被愚弄一下对他有好处。

阿索普和罗文认为，每个人都应该偶尔犯一点傻。

阿索普！罗文！

比阿特丽丝俯视着梦里的自己。她看见自己的头发很长，红艳艳的。阳光洒在上面。

这个世界如此明亮。

在一场即将开启的噩梦中，怎么可能有如此明媚的阳光？

海马在家庭教师的手里，接着，它到了比阿特丽丝手里，她看见它只有一只眼睛。

它生来就是这样的吗？

家庭教师头上的花环在颤抖。

阿索普和罗文哈哈大笑。

阳光照射下来。

罗文往家庭教师的手肘上推了一把。

一个士兵冲进了房间。

海马掉了下去。

比阿特丽丝看着它在空中翻转着，一圈又一圈。

它撞上地面，又弹起来，一次，两次，三次。

让它活过来吧！

她看见那个士兵的巨剑飞过空中。

剑刃寒光凛凛。

家庭教师倒下了，比阿特丽丝在他身旁跪了下去。

她尖叫起来。

罗文和阿索普倒在她身上。

雏菊散落一地。到处都是血。她在装死。

令人难以置信的是，太阳继续照耀着。

那个士兵说："行了。"她认识这个声音，这就是旅馆漆黑房间里那个人的声音。

海马就在她脑袋附近。

它闪闪发光，仿佛是金子做的。

她听见有人在叫她的名字。

比阿特丽丝。

谁在叫她？

比阿特丽丝。

她想回答，可不该回答。

比阿特丽丝！

她睁开了眼睛。

30

她醒过来了，杰克·多里、安斯维莉卡，还有长胡子坎诺克都紧张地注视着她。

她在一个温暖的树洞里醒来了，耳旁还有一只蜜蜂在嗡嗡地飞舞着。

“你睡着了。”杰克·多里说。

“你在做梦。”坎诺克说。

那只山羊，当然，它没有说话。可它努力地表达了出来：它望着比阿特丽丝，它的眼神坚定有力，充满了爱。

比阿特丽丝哭了。

“怎么了？”杰克·多里说。

可她哭得说不出话来。她泪如雨下，就要被自己的泪海淹没了。

“能说说吗？”杰克·多里说。

“我想起来了。”比阿特丽丝说。

“想起什么来了？”坎诺克问。

“我是谁。”

“嗯，”杰克·多里微笑道，“你是比阿特丽丝。”

她哭得更凶了。她点点头。

“还有呢？”坎诺克问。

“他杀了他们。”比阿特丽丝说，“那个士兵来了，把他们全杀了。他杀了罗文和阿索普。他杀了我的两个弟弟。他杀了家庭教师。他还想杀了我。他以为已经杀了我，但他没有得逞。”

一股悲伤的浪潮向她涌来。

他们都死了，那她是怎么活下来的？

罗文、阿索普、家庭教师、海马、雏菊、阳光。

还不如不记得呢。

“你的父母呢？”杰克·多里平静地说。

“我父亲老早就死了，”比阿特丽丝说，“我小时候他就在战争中死了。我不记得他了。”

“那你母亲呢？”坎诺克问。

比阿特丽丝看见了母亲的脸——她那目光如炬的眼睛，她那轻柔的微笑，她那巨大的、灼热的力量。

啊，她的母亲！

比阿特丽丝感觉就像有人把什么沉重的东西压在了她头上。

“我母亲，”她缓缓地说，突然间，她变得难以呼吸，“我母亲不在那儿。她不在我们读书的那个房间里。”

“也许她还活着。”坎诺克说。

“也许她还活着。”比阿特丽丝重复道。当她重复着这些字眼时，她的嘴唇感觉很麻木。

“嗯，”杰克·多里说，“也许她现在仍然在找你。”

比阿特丽丝又哭了起来。

坎诺克握住了她的一只手。安斯维莉卡用它温暖、厚实、粗糙的身体靠在她身上。杰克·多里握住了比阿特丽丝的另一只手。

他们四个一起坐在树洞中，比阿特丽丝在流泪。

寂静之中，比阿特丽丝听见了母亲的声音：“你必须永远记得，你是阿伯拉尔家的比阿特丽丝。你的身体里流淌着强大的血液。”

然后，比阿特丽丝想起了旅馆漆黑的房间里，她面前的那张羊皮纸上，写着那几个字：

“我杀了”。

比阿特丽丝看着杰克·多里，说道：“我是阿伯拉尔家的比阿特丽丝，想写下忏悔的那个人就是杀了我弟弟的人。

他就是杀了家庭教师，还想杀我的人。这些都是遵照国王的旨意做的。”

蜜蜂又开始在她耳旁嗡嗡地飞舞起来。

“国王,”比阿特丽丝说，“国王想要我死。”

31

坎诺克清了清嗓子。

他说："也许现在是时候告诉你们我是谁了。"

他看了看杰克·多里，看了看比阿特丽丝，然后看了看山羊。

然后说道："曾经，我是一个国王。"

比阿特丽丝擦去脸上的泪水，抬起头望着坎诺克。"你以前是一个国王？"她说。

"那是很久以前了。我做过国王，然后我就不是了。我走了。"

"一个国王怎么能就那样走了？"杰克·多里问。

"我对国师和朝臣们说：'我很快就会回来。'然后我就走出了正殿。我头上戴着王冠。我走出了大礼堂，仆人们深深地鞠着躬。我走出了城堡，来到吊桥，那儿的卫兵向我行礼。我走过吊桥，听着我的脚步声，我是如此喜欢我的脚步声，于是我想：我要继续朝前走。”

“你就这样走了吗？”比阿特丽丝说。

“是的，”坎诺克说，“我继续走。我走进了森林，脚下的土地感觉很奇妙——甚至比吊桥的木板感觉更好。于是我想：我要继续走下去。”

“我一个人走啊走，没有人和我说话，没有人需要从我身上获得什么，真是太让人愉快了。

“小鸟在我头顶上歌唱，小鹿从我身边经过，我闻到熊、苔藓和野蜂蜜的气味。我来到了一片水域，一个我从未见过的湖，我站在湖边，回想着他们和我说过的最后一句话。是国师说的。他说：‘陛下，我们会等您回来的。’”

“我在湖边矗立了许久，思考着那句话，然后，我取下了头上的王冠，把它扔进了水里，看着它消失了。然后，我感觉自己就像空气一样轻松。我曾以为，如果没有头上的冠冕，我连站都站不稳。”

“一个站不稳的国王，”比阿特丽丝说，“听起来真像是个故事。”

“是啊，是啊，”坎诺克说，“就像是个故事，但那是真的。我坐在地上，长笑不止。啊，大笑的感觉可真奇妙啊。我已经想不起来上次大笑是什么时候了。我脱掉鞋子，也扔进了湖里。然后，我把脚放进水里，来回移动着，又笑了一阵子，接着我想：‘我再也不会回去了。’我要想笑就笑。我要蓄起胡须。那将是我在这个世上的目的：为了大笑，为了蓄胡子，以及永远永远也不会回去做国王了。”

“他们没有来找你吗？”杰克·多里问。

“来找我？”坎诺克哈哈大笑道，“我的孩子，想想吧，没有人会去找国王。因为一旦国王消失，那些想取代他的人就开始筹划如何夺取王位。自从我走后，谁知道出现过多少个国王呢？谁知道戴着王冠的有多少个阴谋家和骗子呢？不，没有人会去找一个失踪的国王的。”

一阵长长的沉默。

然后，坎诺克清了清嗓子，说道：“那把剑。”他指了指靠在杰克·多里腿上的那把剑，“那把剑上有我做国王时的标记。我想它是由一个士兵父亲传给一个士兵儿子的。”

杰克·多里端详着剑柄。他看着嵌入其中的一个字母。“这个吗？”他用手指抚摸着那线条，说道，“这是什么意思？”

比阿特丽丝探身过去。“是E，”她说，“是字母E。”

“我不认识。”杰克·多里说。

“怎么会呢？”比阿特丽丝说，“阿索普只有你一半的年纪，随便给他什么他都认得。”

“你可能不记得了，比阿特丽丝，”坎诺克说，“或者你压根儿就不知道，平民是不能读书的。只有上帝的使者可以读书，还有国王、家庭教师和国师。普通人根本不认识字。”

比阿特丽丝摇摇头。“我只记得我母亲坚持要我们学习，并且要保密。普通人不能读书是不对的。简直大错特错。我会教你的，杰克·多里。我会教你读书的。”

杰克·多里感觉心里有一个小小的东西在发光——读书，会是什么样子的呢？

他看了看剑，看了看上面的字母，然后把剑高高举起。

“快放下，”比阿特丽丝说，她的声音突然变得空洞而冰冷，“放下剑。”

她站了起来。安斯维莉卡也站了起来。“我不会靠近那把剑的。我不会让它靠近我。”

杰克·多里把剑放在脚边。“那你想要我怎么做呢，比阿特丽丝？”他说，“我该用什么保护我们？”

她浑身颤抖，他感同身受。他知道亲眼看着你爱的人死去是怎样的感受。那个黑胡子强盗的脸在他脑海中一闪而过。他再一次看见叼在那个人嘴里的那把刀。

山羊低下头，轻轻地发出一声绝望的叫声。

蜜蜂来回飞舞，围绕着比阿特丽丝、杰克·多里和坎诺克，来回飞舞着，仿佛那儿有一条看不见的路径。

最后，坎诺克说话了。他说：“这把剑很可能应该与王冠同在。”

“你的意思是我们应该把它扔进湖里去吗？”杰克·多里说。

“不，”比阿特丽丝说，她的声音坚定而有力，“不。我知道必须做什么。这把剑属于那个士兵，而那个士兵属于国王。国王让这个士兵用这把剑来杀我。我们将把这把剑带到国王面前。我们将把他的黑暗行径还予他。”

“我们要这么做吗？”杰克·多里说。

“是的，”比阿特丽丝说。她挺直了身子，“国王不需要派人来找我。”

安斯维莉卡抬起头看着她。

坎诺克也注视着比阿特丽丝，可比阿特丽丝一直注视着杰克·多里。

“我将告诉你这把剑会发生什么。”她说，“我，阿伯拉尔家的比阿特丽丝，将把它交给国王。我要问问他为什么要这么做。”

在国王城堡的地牢里，国师拿着一支蜡烛站在那儿。他的长袍和地牢一样黑。

国师对着黑暗深处说："国王已经下定决心让比阿特丽丝活下来了，听到这一点你应该会很高兴吧。我们在找她，艾斯林。等我们找到她，我会让国王遂愿的。至少在一段时间内。"

黑暗中传来一阵压抑的怒吼。

国师等了很久，才再次开口说话。

"也许这件事你会感兴趣——作为一位国师，我在寻找一些智慧以便引领国王时，读到了《悲伤王国编年史》里的一个预言，可能会影响到你的比阿特丽丝。你想听听这个预言吗？"

沉默。

"很好。它是这样说的：'有一天，会出现一个女孩，推翻一个国王，带来前所未有的变革。'我读了这些文字后心想，我已经很好地利用了一个预言，为什么不再利用另一个来达到我的目的呢？"

他低声笑了起来。

"不过这一次，我不会让这个预言成真的。不，恰恰相反，对于这个被忽视的预言，我想我将保证它不会像所写的那样发生。"

这时传来了一阵扼腕的哭声。

“阿伯拉尔家的艾斯林，你曾经指出，我没有贵族的出身。可那并不重要，不是吗？最后我还是成了统治者。我统治了国王。而统治国王，就统治了整个世界。”

第四部分
再次相遇

32

艾迪克修士迷路了。

他当然会迷路。

不迷路才怪呢。

他，仅凭着旅店老板娘往黑暗森林随手一指，别的什么引导都没有，就出发去找人了。

他，在任何时候都觉得自己在这个世界上是如此的迷茫。

而且，黑暗森林那么黑！

一直一直以来，艾迪克修士都特别憎恨黑暗。他能看见躲藏在里面的东西——一些扭曲的形状，恶毒的东西。

他父亲知道他有多害怕这些东西。

他对艾迪克修士的母亲说过，“这小子得学着不要那么害怕。不要给他灯。他哭喊着要灯的时候，决不能给他。让他叫吧，很快他就能克服的。”

可他并没有克服。艾迪克修士在《悲伤王国编年史》上画的每一笔——每一轮冉冉升起的太阳、斑驳的树影，或是璀璨的字母——都是在庆祝这个世界的美好，同时也是对从童年到现在，一直笼罩在他心上的黑暗阴影的反抗。

艾迪克修士被一个树根绊倒了。他爬起来，又被绊了一跤。

他听见父亲在嘲笑他。他听见父亲在说：“你以为你救得了别人吗？还有，你为什么非要找到那个女孩？因为传入你奇怪脑袋里的那个预言吗？”

“不，”艾迪克修士大声说，“因为她是比阿特丽丝。”

比阿特丽丝。

比阿特丽丝，她仰望着他，答应他会写下美人鱼的故事。

他必须找到她。

他必须前进。无论如何，都不能后退。不能回修道院了，那儿再也不欢迎他了。

这世界上再也没有他的位置了。他童年的家早已经消失了，哪怕在他小时候，那就已经不是他的家了。

他母亲常常对他说：“不要生你父亲的气。试着听他的话，试着成为他想让你成为的人。”

可他并不知道如何做到这一点，不是吗？

直到现在，他仍然不知道。

他只知道，如何成为自己。

还有，家难道不应该是一个允许你做自己，作为你自己被爱的地方吗？

这些想法在艾迪克修士的脑海中盘旋激荡着。这时，他面前的小路上突然出现了一个人。

当然，说这是一条路是不对的。

黑暗森林里没有路。

那里留不下路。

总之，突然间，黑暗森林里，有一个人出现在了艾迪克修士的面前。

那人留着一把大胡子，嘴里叼着一把刀。

“啊，比阿特丽丝，”艾迪克修士想，“我尽力了。我真的尽力了。”

33

在坎诺克的树洞里，比阿特丽丝听着杰克·多里唠叨着为什么她不能去见国王。

“你会死的。”杰克·多里说。

“太鲁莽了。”杰克·多里说。

“太傻了。”杰克·多里说。

不过，坎诺克一直没有说话。他坐在那儿，垂着头，双手放在膝盖上。

“坎诺克，你得劝劝她不要去。”杰克·多里说。

坎诺克抬起头，看着比阿特丽丝。“你说你是阿伯拉尔家的。”

比阿特丽丝点点头。

“那是一个古老而高贵的家族，”坎诺克说，“一个历史悠久的家族。”

“所以，”比阿特丽丝说，“还有谁比我更适合来质问国王呢？”

杰克·多里发出一声恼怒的嘶声。

“她有一种可能会带来危险的意志。”一位家庭教师曾经对她的母亲这样说过。

“是的。”她母亲回复道。

“那我应该把它抑制住吗？”家庭教师问。

这是第一位家庭教师，一个油滑的男人。他说的每一个字似乎都带着危险的气息。

“不用，”比阿特丽丝的母亲说，“她会需要它的。”

“对于一个女孩来说，如此一意孤行是很危险的。”家庭教师说。

“就让她拥有她危险的意志吧。”她母亲说。

最后，那个家庭教师离开了阿伯拉尔城堡。他被她母亲解雇了。

后来，一段时间后，第二位家庭教师来了——卷发那位。他随身带着一袋神奇的东西。每一天，他都会从里面拿出一样东西来。他从袋子里拿出来的最后一样东西便是那只海马。

那个家庭教师——第二个，也是最后一个，好的那个——对她母亲说：“比阿特丽丝拥有美好而敏捷的头脑。

没有她不好奇的东西，也没有她学不会的东西。”

她母亲点点头，微微一笑，说道：“请您倾囊所授。让她尽可能强大，让她忠于自己的本真。”

“比阿特丽丝？”杰克·多里说。

“别打扰她。”坎诺克说。

比阿特丽丝注视着山羊的双眼。山羊也注视着她。

安斯维莉卡的眼睛在闪烁，犹如奇异的、被阴影笼罩的星球。

比阿特丽丝知道星球。

最后那位家庭教师有一块特殊的玻璃，用来看星星。

有一天清晨，天还没亮，比阿特丽丝手握那块特殊的玻璃站在田野里，家庭教师站在她身边。露水使她的长袍下摆变得沉重。她的脚很冷。她按照家庭教师的指导，将玻璃举到眼前，看到一个发光的橙色球体飘浮在空中。

“那是什么？”她问家庭教师。

“那个东西，大部分人都不知道它的存在。那叫作星球。那是另一个世界，距离我们很远。”

比阿特丽丝站在那里看着——她的鞋子湿透了，被露水打湿的长袍让她好累，魔法玻璃在她眼前，家庭教师在她身边呼吸着——就好像有人拉开了一块沉重的黑色幕布，向她展示了一个璀璨夺目的东西。

那时，她明白了，这个世界——以及它之外的空间——充满了一个又一个奇迹，数不胜数的奇迹。

比阿特丽丝一边回忆，一边摇了摇头。她抓住了山羊的耳朵。

她看着杰克·多里，说道："我会去见国王的。我会把这把剑交给他。没有人可以阻止我。"

蜜蜂围绕着杰克·多里的脑袋嗡嗡地飞舞。杰克·多里目不转睛地看着她。

这个注视着她的男孩，还活着。

罗文已经死了。阿索普已经死了。家庭教师也死了。

比阿特丽丝的母亲不知所终。

可这个男孩还活着，就坐在她面前，并且，他不认识字母 E。

"这些星球，这些其他的世界，"那天清晨，她看着魔法玻璃里的世界时，家庭教师对她说，"一定有居民，有他们自己的故事。只是由于无知，我们才没有找到通往它们的路。"

比阿特丽丝低头看着自己的手，看着拇指和食指上的黑斑，那些墨水留下的印记。

我现在身处于什么世界，我该怎样在这个世界里生活下去？

她抬起头，看着杰克·多里期待的脸庞。

她说："我会去和国王谈谈。我会找到我的母亲。没有人可以阻止我。但首先，我会教杰克·多里认识自己的名字。我会教他读书。"

34

“每个字母都有一个形状，”比阿特丽丝说，“每个字母都有一个发音。你把这些形状和发音放在一起，就成了词语。明白吗？”

“嗯。”他说。他的心剧烈地跳动着。他不知道——他不明白——自己有多想知道它，多想知道字母、发音和词语的秘密。

而在他胸腔里怦怦跳动的心，正在告诉他答案。

他和比阿特丽丝一起俯在一张羊皮纸上。安斯维莉卡也俯身看着羊皮纸。

它散发着一股浓烈的山羊味儿。

“你，”杰克·多里说，“挡着我了。”他轻轻地推了推安斯维莉卡。

它用额头顶住他的额头，把他顶了回去。

坎诺克不见了。他们也不知道他去哪儿了。他正在做一件神秘的差事——一个曾经当过国王，现在已经不再是国王的人可能需要去做的事。

“最开始是这个，”比阿特丽丝说，“这是字母 A，第一个字母。”她画出了那个字母。

“A。”他重复道。他笑了。

“一共有二十六个字母。”她说，“你每一个都能学到，等你把它们学会了，就可以把它们组合起来，用它们组成描述世界和世界上的事物的词语。你就可以把一切写下来——现在是什么，以前是什么，将来也许会是什么。”

杰克·多里点点头。

坎诺克的树洞里很温暖。空气中弥漫着蜂蜡燃烧的味道，当然，还有山羊的味道。嗡嗡地绕着杰克·多里脑袋飞舞的那只蜜蜂——比斯皮克奶奶，在他身边说道：“学吧，我的挚爱；全学会吧，我的心灵之光，灵魂之河。”

“A 就是阿伯拉尔的 A，那是我的姓。A 也是‘安斯维莉卡’这个名字的首字母。”

山羊发出了赞许的咕哝声。

“二十六个字母中的第二个是 B。”她低下头，画出那个字母，“B 是我的名字比阿特丽丝的首字母。然后是 C。”

“什么词语是 C 开头的呢？”杰克·多里问。

“坎诺克。”比阿特丽丝说。

“那什么时候才能到杰克·多里的字母？”

“很快。”比阿特丽丝说。

他望着她手下呈现出一个又一个字母，感觉他心里的门一扇又一扇地打开了，那些门通往一个个敞亮的房间。

“这个世界，”比阿特丽丝对杰克·多里说，“可以被拼写出来。”

35

她梦见自己站在悬崖边。

安斯维莉卡在她身边。她们眺望着大海。

咸咸的海风将比阿特丽丝的头发吹起，飘荡在她的脸上。

她一只手放在安斯维莉卡的头上。

大海时而是绿色，时而是蓝色，接着又变成更深的蓝色，如此循环不断。

她听见有人在叫她的名字。

她转过身。只见杰克·多里正朝她走来。她朝他笑了笑，然后再次看向大海。

现在，杰克·多里来到了她身边，紧挨着她。两人肩并着肩。

“海里有海马。”比阿特丽丝说。

“海马？”杰克·多里说。

“是的，”比阿特丽丝说，“海里的马。”

说到这里，风忽然强劲、凶狠起来。大海由绿色转为了黑色，接着，它倾斜了，出现了一条黑色的长廊。比阿特丽丝沿着长廊向前跑去——既是在向前奔跑，也是在逃离。

她要去哪儿？

她要跑向塔楼。她在找她的母亲。

“母亲！”她喊道，“母亲，你在哪儿？”

她在阿伯拉尔城堡里，沿着走廊继续奔跑。可这走廊实在太长了——比以往任何时候都长。永远没有终点。

她跑啊跑，突然，她已经在塔楼里了，可她母亲并不在那儿。

一只黑鹂站在窗户上。它眨着乌黑的眼睛，张开乌黑的嘴，说道：“他把她带走了。”

比阿特丽丝跪倒在地。

“谁？”她对鸟说，“去了哪儿？”

一阵寒风吹进房间，黑鹂消失了，一切都消失了。整个世界一片空荡。

“求你告诉我。”她哭着说道。

这时，她醒了。杰克·多里正注视着她。

“你又睡着了，”他说，“起来吧。”

比阿特丽丝摇摇头。她感觉那个梦就在自己心里：可怕的空荡荡的塔楼，风穿堂而过，黑鹂转过头来，用乌黑的眼睛看着她。

他把她带走了。

她母亲在哪儿？

安斯维莉卡把杰克·多里顶到一边，把耳朵递给比阿特丽丝，比阿特丽丝抓住了它。

“我想要我母亲。”比阿特丽丝说。

“嘘，”杰克·多里说，“告诉我你的名字。”

“我是阿伯拉尔家的比阿特丽丝。”她感觉说出的每一个字都好沉重。

“再告诉我一次。”杰克·多里说。

“阿伯拉尔家的比阿特丽丝。我是阿伯拉尔家的比阿特丽丝。”

“嗯，”杰克·多里说着，握住了她的一只手，“你是阿伯拉尔家的比阿特丽丝。”

“我想要我母亲。我想要艾迪克修士。他在哪儿？”

“我不知道。”杰克·多里。

比阿特丽丝再次感觉到了梦里的那阵风——穿过空房间的那阵寒风。

“有太多人要想念。”她说。

杰克·多里点点头。“嗯，”他说，“是啊。”

他一直握着她的一只手，比阿特丽丝一直抓着安斯维莉卡的耳朵，他们就那样坐了很久很久。

36

那艾迪克修士在哪儿呢？

还在我们刚才提到的那儿——在没有路的森林里，和一个黑胡子强盗面对面。

那艾迪克修士在做什么呢？

他在回忆他的那则预言。

“有一天，会出现一个女孩，推翻一个国王，带来前所未有的变革。”

这些文字浮现在他眼前，照亮了他四周的黑暗。

艾迪克修士很肯定，自己就要死了。

可他并不害怕！

他，一个胆小如鼠的人，此刻竟然不害怕了。

“父亲，现在你能看到我吗？”他大声说道，“我，终于，不害怕了！”

他仰天大笑。

黑胡子取下叼在嘴里的刀。“好笑吗？”

“是啊。”艾迪克修士说。

“眼睛别再转来转去的。”强盗说。

“我做不到。”艾迪克修士说完，又哈哈大笑起来。

“跪下。”强盗说。

艾迪克修士跪了下来。他闭上眼，看见了那把美人鱼梳子，它的头发上布满了宝石。出于某种原因，他还看见了他父亲的手——沉重而伤痕累累的手。他看见一片接骨木花海，正发出耀眼的闪光。

接着，一个金光闪闪的字母B出现在他的脑海里。

比阿特丽丝的B。

他看见了她的脸庞。

想要写下美人鱼故事的比阿特丽丝。

会推翻国王的比阿特丽丝。

接着，安斯维莉卡出现在了他面前。

那只可怕的、神奇的山羊。

它的耳朵在发光。她看起来好美。一切都很美——美人鱼梳子、父亲的手、接骨木花、字母B、比阿特丽丝、山羊。

他眼中的一切都描上了一道金边，就好像是由他自己画在《悲伤王国编年史》上似的。

“别笑了。”强盗说。

艾迪克修士点点头。是啊，是啊，他不能再笑了。

那则预言里的字句在他脑海里滚动着。

有一天。

有一天，会出现一个女孩。

有一天，会出现一个女孩，推翻一个国王。

有一天，会出现一个女孩，推翻一个国王，带来前所未有的变革。

他很高兴接收到了这些文字。

他很高兴，比阿特丽丝来到了他身边，然后，他救了她。

好吧，是他和山羊一起救了她。

他很高兴成了这个故事的一部分。

已经足够了吗？

那就足够了。

他睁开眼，看见昏暗之中，那个强盗的刀已经来到了他的头顶上。

“闭上眼，”强盗说，“我受不了那只转来转去的眼睛。”

艾迪克修士笑了，他闭上双眼。

接着，传来一阵笑声。

艾迪克修士想知道是不是自己在笑。

他疯了吗？

如果他真的疯了，他的父亲并不会感到惊讶。

他抬起手，摸了摸嘴唇。他的嘴并没有张开：不是他在笑。可黑暗森林里的某处，确实有人在笑。笑声回荡着，久久不曾停息，仿佛充满了整个世界。

艾迪克修士一动不动，继续闭着眼。他感觉胸膛被安斯维莉卡的蹄子蹬了一脚，有点儿火辣辣地疼。

啊，那只山羊，他会想念它的。

“照顾好她，”艾迪克修士轻声对山羊说，“保护好她。”

突然间，笑声终止了，只剩下树上的叶子沙沙地响着。

艾迪克修士依然跪在那儿，依然闭着眼。也许他已经死了，只是自己不知道而已？

有一只手按住了艾迪克修士的肩膀，那是一只温暖而坚定的手。

“你是《悲伤王国编年史》修道会的修士吧？”一个声音说道，“我相信我们有共同的朋友。”

艾迪克修士睁开眼。

世界一片黑暗！可艾迪克修士能看见，那个黑胡子强盗已经不见了，而他面前站着一个银灰色长胡子的男人。

这个人在笑。

“跟我来。”说着，这个人伸出了手。接着，他哈哈大笑道：“噢，你不想来和我一起玩吗？”

艾迪克修士握住他的手，站了起来——他还活着。

37

比阿特丽丝和杰克·多里坐在一起，正在给他讲解他的字母，这时，安斯维莉卡突然站了起来，把她手里的羽毛笔撞落在地。

“只不过是坎诺克回来了而已，”杰克·多里对山羊说。

坎诺克弓着背，穿过那扇小门，走进了树洞，先出现的是他的胡子。

“他身后有人，”杰克·多里低声说道。

接着，坎诺克来到了他们面前，跟在他身后的正是艾迪克修士。他向他们微笑着，那只不听话的眼睛在他眼眶里起舞。

“比阿特丽丝。”他说。

她飞奔进他的怀里。他身上散发着羊毛、墨水和某种甜甜的味道——枫糖。

“比阿特丽丝，”他说，“我一直在找你。”

她用尽全力紧紧地抱着他。她的弟弟们都死了。她的母亲失踪了。她失去了之前她生命中拥有的一切。但不可思议的是，艾迪克修士在这儿，他爱她，她也爱他。她抱着他，而安斯维莉卡则围绕着他们俩，欢快地跳起了一种僵硬的单腿舞蹈。

坎诺克说：“艾迪克修士在森林里被一个强盗耽搁了。我及时找到了他，然后我们很快就把一切都解决了。对邪恶来说，没有什么比快乐更可怕的了。”

“艾迪克修士。”比阿特丽丝说。她推开他，握住了他的手。她凝视着他的眼睛——一只严肃而安静，另一只则转来转去——“发生了很多事。我想起来了。我知道我是谁了。”

她目不转睛地注视着他，深深吸了一口气。

“我是阿伯拉尔家的比阿特丽丝，国王下令要杀了我。他杀了我的两个弟弟和我的家庭教师。我不知道我母亲在哪儿，甚至不知道她是生是死。”

艾迪克修士攥紧她的手，她挺直身子。“我打算去面见国王。我要让他告诉我，我母亲在哪儿。我要问问他为什么要这么做。”

杰克·多里清了清嗓子。“但是首先，”他说，“在走之前，比阿特丽丝同意教我读书写字了。”

艾迪克修士说："啊，比阿特丽丝。"

"现在我就在教他。"她说。

艾迪克修士点点头。他说："《悲伤王国编年史》里记载了一则预言，"他一个字一个字地、小心翼翼地说道，"预言说，'有一天，会出现一个女孩，推翻一个国王，带来前所未有的变革。'"

比阿特丽丝感觉梦里那阵强劲的寒风穿过了她的身体。

"发生了很多事，"坎诺克说，"还有很多事尚未发生。我们坐在一起，讨论讨论吧。"

38

于是他们坐了下来，他们四个。

如果算上羊的话，就是五个。

谁会不算上羊呢？

比阿特丽丝一只手放在安斯维莉卡的脑袋上，另一只手继续握着艾迪克修士的手。

他们坐在那棵巨树的树洞里。

他们围坐在烛光四周，烛光将他们的影子投射到身后。有时，他们的影子看起来更大，比他们本人大得多。有时，影子又仿佛缩小了。大，小，大，小——五个影子在树洞的内壁上晃来晃去。

比阿特丽丝把自己想起来的一切都告诉了艾迪克修士——她的两个弟弟、家庭教师、那个士兵，以及坠落的那匹海马。

"那你是怎么找到修道院来的呢？"艾迪克修士问。

她摇摇头。"说不上来。我不记得了。"

艾迪克修士转向杰克·多里，说道："还有你，杰克·多里，你是比阿特丽丝的学生了。"

"嗯，"杰克·多里说，"只要她没睡着，就在教我学习。"他笑了。然后，他忍不住大声地读起字母表来，按照比阿特丽丝告诉他的顺序，一个接一个地读了出来。他记得非常准确。

"艾迪克修士，他什么也不知道，"比阿特丽丝说，"普通人根本不知道如何读书写字。"

"话说，这个预言是怎么回事？"坎诺克说，"现在我们能聊一聊那个了吗？"

墙上的影子在跳舞。

"是关于比阿特丽丝的吗？这个预言？"杰克·多里说，"意思是她会统治这片土地吗？"

"历史上好像没有过女王。"艾迪克修士说。

"也许时间到了，"坎诺克说，"已经有过那么多国王了。"

比阿特丽丝一只手放在安斯维莉卡头上。她看起来小得不可思议，而且还是个光头——一点儿也不像一个会推翻国王的人。

“我不想做女王，”比阿特丽丝说，“我只想找到我母亲，然后看着国王的眼睛，听他说出他犯下的罪行。”

在比阿特丽丝身旁，安斯维莉卡把头高高地昂起。它那双奇怪的眼睛在闪闪发光。

“预言里提到一只山羊了吗？”杰克·多里说。

“没有提到。”艾迪克修士说。

“连山羊都没有提到，那怎么会是一个真的、准确的预言呢？”杰克·多里说。

坎诺克哈哈大笑，艾迪克修士也笑了。

可比阿特丽丝看着他们，说道：“预言至少确定了这一点——我必须去见国王。”

她的下巴紧锁着。她脸上的那个表情，杰克·多里已经学会识别，并且知道该有所警觉了。

“世界上总有些人固执己见，不听劝告。”杰克·多里压低声音说道。如果比斯皮克奶奶在场的话，她会这么说的。

“什么？”比阿特丽丝说，“你说什么？”

“没什么。”杰克·多里说。

她怒视着他；山羊当然也怒视着他。她们俩同时凶狠地盯着他，这很可怕，让人不知所措。

“只是你答应过我要教我读书的。”杰克·多里说。

“还有，”艾迪克修士说，“你答应过我要讲美人鱼的故事的。”

“是的，”她说，“没错。我是答应过。这些事情我都答应过。”

39

夜已经深了。他们都在坎诺克的树洞里睡着了。

可比阿特丽丝睡不着。她无法阻止自己去梳理那些事，梳理那些她知道的和不知道的、她梦到的和她记得的事。

例如：她没有告诉其他人，她记得自己站了起来。

世界安静下来，只剩下她的心跳声，这时，她站了起来，离开了弟弟和家庭教师。

谁会愿意承认这样的事情呢——从你爱的人身边离开？

可她确实那样做了。她站起来，走了。

她也没有告诉他们她的梦境——悬崖、大海和她的长发，还有拂过她脸庞的风，在她身边的安斯维莉卡和来找她的杰克·多里——这是一个关于未来的梦，她相信这一点。

如果那则预言说的就是她，那她就必须面对。

她不想做女王，可必须去见国王。

她得找到她母亲。

但她答应了艾迪克修士，会把美人鱼的故事写下来。

还得考虑杰克·多里——当她告诉他一个个字母，以及如何组合起来描述这个世界时，他是多么容光焕发啊。她也答应了他。

她伸出手，摸了摸安斯维莉卡头骨突出的、温暖的脑袋。

山羊睁开眼，注视着她的眼睛。星球。其他世界。

比阿特丽丝再次想起那时，天还没亮，她和家庭教师站在一起，拿着那块魔法玻璃，眺望着闪烁的星球。

"你觉得另一个世界的人，有没有也站在那儿，透过一块魔法玻璃看着我们？"她对家庭教师说，"有没有可能，我们对他们很好奇的同时，他们也对我们很好奇？"

家庭教师把手放在她肩膀上。

"比阿特丽丝。"他说。

"嗯。"

"你父亲是我的挚友。他对知识和学习的力量深信不疑。"

她目不转睛地看着星球。她把玻璃一直对准天空。她能感觉到自己的手在颤抖。"我不了解他，"她说，"他死了，我没有关于他的记忆。"

"他想要你掌握尽可能多的知识，"家庭教师说，"这是你与生俱来的权利，这就是他所笃信的。"

“我想学。”

“我会把我会的一切都教给你。这样一来，如果变革的那天到来了，你就能做好准备。”

可他还没有把会的一切都教给她。

还没做到，他便被人杀了。

国王下令杀死了他。

那一天已经来了，不是吗？变革的那一天，已经来了。

现在她必须做好准备。

事实上，没有时间可以浪费了。

她无法继续履行自己的承诺了。至少，现在是无法履行了。

她在坎诺克漆黑的树洞里站了起来，山羊也站了起来。

“嘘，”比阿特丽丝说，“跟我来。”

她和山羊一起从熟睡的坎诺克、艾迪克修士和杰克·多里的身边走过。她们穿过那扇小门，来到了外面无尽的黑暗中。

比阿特丽丝驻足片刻，然后抬起头，看见了星星，好几百颗、好几千颗星星。她想起自己看见过一个星球——是的，天上有一个星球——也在俯瞰着她。

接着，星星忽然消失了，整个世界只剩下了一片黑暗。一阵霉味儿和血腥味儿扑面而来。

“别出声儿。”一个声音说。她一下子被拉进了黑暗中。

她喊救命了吗?

没有。

她知道是怎么回事。

她知道来找她的人是谁。

40

山羊站在杰克·多里面前，低头望着他。

它呼出的热气喷在他脸上。

它什么也没说。它什么也说不出来。

它只是一只山羊而已。

可他醒来时，它那双明亮的眼睛正盯着他，仿佛它说了什么似的。

“你，现在该拿剑了。”

杰克·多里伸手去拿剑。他紧握住剑柄，跳了起来。

他喘着粗气，把剑举在面前。他在黑暗中环顾着。艾迪克修士，坎诺克，安斯维莉卡。

可没有比阿特丽丝。他的心跳得很快，猛烈地撞击着他的胸膛。

“比阿特丽丝！”他喊道。

山羊用头顶他的腿，把他往前推。

他弯下腰，穿过那扇门，来到了外面的世界，星星闪耀着华丽的光芒，冷冷清清。

“比阿特丽丝！”杰克·多里再次喊道。

他听见树枝咔咔地折断了。

山羊用头顶了顶他的右腿。它抬起头，用绝望的眼神看着他。安斯维莉卡知道发生了什么，却说不出来。

艾迪克修士也走出了树洞。坎诺克在他身后。

在璀璨的群星下面，他们俩只是黑暗里的两个影子。他们只是影子而已。

“她不见了。”杰克·多里说。他以为自己会哭。他手里的剑那么冰凉、无用。

坎诺克搂住杰克·多里的肩膀。

“我们会找到她的。”他说。

“我们三个一起去找到她。”艾迪克修士说。

安斯维莉卡发出了轻微的哼哼。

“我们四个，”坎诺克说，“我们四个会找到她的。”

杰克·多里握着剑，站在那儿。剑很重。他的心也很重。他估计，他的心里装载了太多的东西——有字母表里的字母，还在等着变幻为词语；还有比斯皮克奶奶、他的父母和比阿特丽丝。

一颗心怎么能承载那么多东西呢？

那只蜜蜂在他头上嗡嗡飞舞。

他低头看了看安斯维莉卡。它用眼睛说道：“就现在。快啊。没有时间可以浪费了。我们必须去国王的城堡。”

还有这只山羊。

这只山羊也在他的心里。似乎，心脏可以容纳数不清的东西——字母、人、山羊和蜜蜂。

似乎，它能容纳无限的东西。

杰克·多里举起剑。

剑刃在冷清的星光下闪烁着。

“现在我们就得出发。”杰克·多里对其他人说。接着，他重复了一遍山羊和他说的话，他知道它肯定是这样说的：“没有时间可以浪费了。我们必须去国王的城堡。”

41

她紧紧地被一块扎人的、臭气熏天的布包裹着——一张毯子或是披风——俯在马背上。

掳走她的人没有说话。有呼吸声、马蹄声、马刺的叮当声。但没有言语，比阿特丽丝认为这是第四次黑暗。

第一次黑暗是她躺在两个弟弟的尸体下面。

第二次黑暗是她摸索着去到了修道院，在牲畜棚里醒来，抓着安斯维莉卡的耳朵，什么都不记得了。

第三次黑暗是她坐在旅馆房间的地板上，听着那个士兵的忏悔。

每一次，她都找到了路，重返光明——在一只山羊、一个修士和一个男孩的帮助下。

可这一次呢？这一次是什么呢？

家庭教师那个神奇的袋子里有一本书。那本书的纸张光亮且顺滑，装订方式繁复而优雅，完全看不见针脚。书里的文字印刷得十分工整，每一页都充满了华丽的插画。

这本书讲述了一个故事——故事里有一匹狼，其实是国王。

国王被一个女巫诅咒了，变成了狼，他的王冠隐藏在厚重的狼毛下，他走遍了世界，但没人看见王冠，因此，没人相信他是国王。

书里有一幅图，蓝黑渐变的夜空中，有一个月亮，悲伤又诧异地俯瞰着那匹狼。

只有月亮知道那匹狼的真实身份。

后来，来了一个小女孩。

这个女孩能看见王冠在狼毛下面闪烁。

她对狼说：“我看见你的王冠了。”

有了这句话，狼在她面前变了一半身。他变成了半人半狼。

女孩越相信他是国王，国王的模样就现身得越多。

但如果她不相信了，国王就会消失，变回一匹狼——拥有利爪獠牙的狼，因为没有人看到他真正的身份而感到愤怒。

女孩对他说：“我已经厌倦了要一直去相信你的存在。太累人了。你必须自己相信自己是国王。”

女孩说完这些话就走了，狼独自坐在蓝黑色的天空下，月亮俯瞰着他，端详着他，怜悯着他。

可渐渐地，狼渐渐地相信了自己是国王。于是，他变回了自己，除了左爪之外。那只爪子，仿佛无法解除魔咒，无法变回人类的手。女巫在那儿施下的魔咒无法解除。但他身体的其他部分是国王，而不再是狼，就这样保留了下去。

很久以后，那个女孩回到了他身边。她已是一个成熟的女人，她对他说："你相信了自己是谁。"

国王回复道："是的。"

后来，她成了王后，和国王幸福地生活在一起。他们携手治理着王国。

只有他们二人知道，国王的一只手其实是一种野生动物的爪子。

他们知道，月亮也知道。

这个故事的读者也知道。

故事的结尾，睿智的王后说道："最终，我们都会被带到属于我们的地方。最终，我们都会找到回家的路。"

包裹在臭气熏天的破布里的比阿特丽丝，在马背上想起了那本书结尾的话语，也想起了自己曾在修道院里，在一众修士的面前写下了这句话。

即使除了自己是谁，其他什么也想不起来，她仍然想起

了故事里的这些文字。

为什么呢？

也许是因为她太爱这本书了——纸张的手感，那些深色调的插图，印刷得整整齐齐的文字。

她读完这本书时，比阿特丽丝对家庭教师说，她还想要一本书——另一本充满变身和探索、狼和月亮、诅咒和转变的书。

家庭教师说："比阿特丽丝，没有其他故事书了。这是我知道的和见过的唯一一本。"

"为什么没有这样的书了？"她问他。

"因为不允许。"

"为什么不允许？"

"比阿特丽丝，很多事情都是不允许的，"他说，"下次我再和你细说。"

此刻，她想到了狼。

她想到天空中的月亮，俯瞰着狼，等待他相信自己是谁。那些星星在看着她吗？还有那些星球呢？它们是否在等待她相信自己是谁？

而她，到底是谁呢？

不是女王。她知道这一点。她的命运并不是成为统治者。

那她的命运是什么？

比阿特丽丝想起了看见狼的真实身份的那个女孩。

她想到了一个奇妙的事情——别人因为爱你，所以才了解你。

忽然间，她想对那个掳走她的人说，对那个用恶臭的破布把她包起来、把她放在马背上的那个人说，有人爱着她。

那些爱她的人——一个眼睛不听话的修士、一个曾经做过国王的男人、一个认识了一些字母的男孩，还有一只脑袋像石头一样坚硬的山羊——会来找她的。

想到安斯维莉卡的铁头，以及它有多大的破坏力，比阿特丽丝顿感鼓舞。

那只山羊无所不能。

山羊会找到她的。

他们都会找到她的——艾迪克修士、杰克·多里，还有坎诺克。

人们会来找你，这意味着什么？

一切。

最终，我们都会被带到属于我们的地方。

最终，我们都会找到回家的路。

42

她是对的。

他们来找她了。

他们在黎明时分出发，杰克·多里握着那把剑。

本来他半夜就想离开的，可坎诺克对他说："如果你要带着那东西去，你必须掌握使用它的技巧。"

"嗯，"杰克·多里说，"那谁来教我呢？"

"我教你，"坎诺克说，"就在今夜。我曾做过战士，用过剑。虽然我已经放下了武器和盔甲，但我仍然可以指导你。"

如果可以说杰克·多里费尽千辛万苦去学习坎诺克教给他的东西，那就好了。

唉，情况完全不是这样。

杰克·多里学起来一点儿也不费劲。

剑术对他来说就像掌握其他一切一样容易。

坎诺克才演示了一遍，他就学会了。那把有着可怕历史的剑，在杰克·多里的手里不再沉重。他发现，如果能像坎诺克要求的那样移动它——快速、凶狠，坚定不移——那把剑穿过空气时就会发出一阵呼啸声，好像在唱歌似的。

杰克·多里手里握着剑，心里想着，现在，他可以去找那个杀他父母的黑胡子强盗报仇了。

他还想着，自己要去会会掳走比阿特丽丝的人。

是的，杰克·多里和他的剑愿意会会所有这些人。

第五部分
勇敢的心

43

勇敢意味着什么？

这是艾迪克修士和杰克·多里、坎诺克和安斯维莉卡在黑暗森林中穿行时，问自己的一个问题。

勇敢意味着不转身离去。

勇敢意味着向前进。

勇敢意味着去爱。

艾迪克修士没有转身离去。他在向前进。

他爱着。这一点，艾迪克修士能做到，也确实做到了最好。

但他仍然无法控制自己不颤抖。

也无法让预言里的那些字句在他脑海里停止翻滚：

一个女孩。

推翻一个国王。

前所未有的变革。

对他来说，发现自己的这些话是真的，这让他深感不安，也深深地感动着。

坎诺克和艾迪克修士并肩向前走，在他们前面的是杰克·多里——他手里握着剑，山羊和他并排走着。艾迪克修士觉得，有可能安斯维莉卡比剑还要厉害。

和它一起前行，让人感觉安心。

不久之前，你若告诉艾迪克修士，他会跟着一只恶魔山羊穿过黑暗森林，他的身前还有一个握剑的男孩，身旁则有一个曾经是国王的男人，艾迪克修士根本不会相信的。

艾迪克修士想知道：关于这一切的预言，在哪儿呢？

他把手伸进长袍的口袋里，摸到了几颗枫糖。他忘记把糖给比阿特丽丝了。他拿出了一块叶子形状的，想道：比阿特丽丝，我们来救你了。我给你带了糖。而你呢，作为回报，你得给我讲美人鱼的故事。你得教杰克·多里读书。

你承诺过我们，比阿特丽丝。

我向你承诺：我们来救你了。

他把这个消息送出黑暗森林，穿过接骨木花盛开的田野，飞上了渐明的天空，传递给了她。他把这个消息一直传递到了国王的城堡里。

比阿特丽丝，我们来救你了。

44

比阿特丽丝被关在地牢里。

牢房里那么黑暗阴冷。她本来可以裹着披风，但她没有。

她的头很痒。他们在坎诺克的树洞里睡着之前，艾迪克修士告诉过她，这是因为她的头发正在长出来。这是艾迪克修士和她说过的最后一句话吗？如果是最后一句的话，为什么不说一些更重要的话呢？

她忽然想起来在塔楼里度过的时光。母亲坐在纺车旁，比阿特丽丝坐在她脚边，趴在家庭教师的那本讲国王变成狼的书上。她在给母亲读那个故事，她母亲一边纺纱，一边点头微笑。

小小的房间里充满了光明。

“很好，比阿特丽丝，”她母亲说，“是个好故事，你也演绎得很精彩。不过你要记得，如果有外人问你会不会读书写字，你必须说不会。你永远都不能承认你会这些。很可能有一天，事情会变得不同，你可以表现出你的能力。可现在我们必须谨慎行事。你明白吗？”

“明白。”比阿特丽丝说。

尽管她不是真的理解。

可她母亲理解。她母亲知道。

她的母亲。

她在哪儿啊？

无尽的长廊，空荡荡的塔楼，坐在窗户上的黑鹂。那个梦再次向她袭来。

他带走了她。

“别想了。”她对自己大声说。

那该想什么呢？

安斯维莉卡。它的脑袋就像一块石头，眼睛就像星球。它伟大的、猛烈的爱。

这只山羊一定在路上了。他们也一定都在来找她的路上了。

比阿特丽丝抱住自己的腿来取暖。那儿好冷，特别冷。

感觉就像黑暗正在将她吞噬。

她不允许那种事发生。她必须坚持住。

“你答应过我，要给我讲美人鱼的故事。”艾迪克修士对她说。

“很好，艾迪克修士，”她大声说，“我会给你讲美人鱼的故事的。”

于是，她的思绪回到了旅馆中那个士兵的黑暗房间里，回到了自己在另一处黑暗中写下的那些文字——

从前，有一条美人鱼。

“从前，有一条美人鱼。”

阿伯拉尔家的比阿特丽丝在国王城堡的地牢里，对自己说出了这句话。

她娓娓道来，仿佛它们已经写在了书页上。她相信自己正在大声朗读这些文字，在一个充满光明的房间里，向她所爱的人讲述一个故事。

从前，有一条美人鱼。

45

快到中午时，他们遇到了那个黑胡子强盗。

他从杰克·多里面前的一棵树上跳了下来。嘴里叼着那把刀。

他说："那把漂亮的剑归我了。"

可是话还没说完，安斯维莉卡就低下头，狠狠地把强盗顶飞，刀也从他嘴里掉了出来。

强盗落地后，山羊站在他身旁瞪着他。它露出了可怕的牙齿，在他胳膊上咬了一口，然后来回地跺着脚，想要等这个人站起来，这样就可以再撞飞他一次。

杰克·多里本来会对这一切哈哈大笑的，但没有什么好笑的。

这个人他认识。

这就是杀了他父母的那个人。他有多少次梦到过那蓬黑色的胡子，那把明晃晃的刀？他有多少次渴望和这个人面对面，亲手报仇雪恨？

杰克·多里走上前去，站在跳舞的山羊旁边。他把剑尖顶在那个人的喉咙上。

“不要。”传来了坎诺克的声音。

“这个人，”杰克·多里说，“就是他，杀了我的父亲和母亲。”他的声音在颤抖，“我每天晚上都会梦见他，现在我要杀了他，以后就不用再见到他了。”

“杀了他并不能把他从你的梦里驱逐出去，”坎诺克说，“我可以向你保证。想想你自己是谁吧，杰克·多里。”

“我正在想，”杰克·多里说，“我很好，而且我真的在想。”

他的心艰难地跳动着。山羊仍在跳舞。杰克·多里的剑尖仍顶在那个人的脖子上。

坎诺克弯下腰，捡起那个强盗的刀。他举起刀给杰克·多里看。“这是那个人的刀，”坎诺克说，“没了刀，他就什么也不是了。”

杰克·多里看了看刀，又看了看强盗的脸。他把剑尖更用力地顶了下去。

安斯维莉卡发出一声不耐烦的高音。它不停地换着蹄子，展示着它可怕的牙齿。

“走吧，走吧，”它似乎在说，“没时间报仇了。我们必须找到她。”

不知道从什么时候起，杰克·多里开始能听见那只山羊在想什么。

脑子里有山羊的想法是件麻烦事儿。他更用力地把剑顶了下去。世界缩小到了只剩下杰克·多里、那把剑和那个强盗的脖子。

“来啊，杀了我吧，”强盗咬牙切齿地说，“我不在乎。”

杰克·多里的视线离开了这个人。他昂起头。高高的天空中、树梢上、黑暗森林上、强盗身上、那把剑上、山羊身上，还有那把刀上，都泛着耀眼的阳光。

杰克·多里依旧举着剑。阳光照在他脸上，很温暖。蜜蜂在他脑袋周围嗡嗡地飞舞。

只要动一动手指，就能感觉到刻在剑柄上的字母。字母E。以前他不认识，现在他认识了。

字母E。

字母。

字母会变成词语。词语会变成故事。故事则能讲述发生过的事，和将要发生的事。

蜜蜂的嗡嗡声更大了。

“蜜蜂”，它的首字母是B。然后是什么呢？接下来是什么字母呢？

“你知道‘蜜蜂’怎么拼吗？”杰克·多里问，他仍然仰面迎着太阳。

“什么？”强盗说。

“开头是字母B。”艾迪克修士说。

“嗯，”杰克·多里说，“那个我知道。然后是什么？”

“B后面是两个E。”艾迪克修士说。他的声音冷静而肯定。

“B-E-E，是吗？”杰克·多里说。

“是的。”艾迪克修士说。

安斯维莉卡又发出了一个不耐烦的声音。

“字母组合起来就成了词语，”杰克·多里说，“词语则是世间万物的名字。”

“是的。”艾迪克修士说。

杰克·多里闭上眼，又睁开了眼。他低下头，俯视着那个强盗。

“你杀了我的父母。”杰克·多里说。

“你说是就是。”那个人说完，笑了。

“站起来。”杰克·多里说。

强盗慢慢地站了起来。杰克·多里一直用剑顶着他的脖子。

“你，”杰克·多里说，“什么也不是。你就是个寄生虫。”

强盗笑了。“你说得对。不就是我带着士兵去找你的小伙伴吗？”

杰克·多里身旁的山羊十分紧张，一动不动。

“国王的亲卫军？”杰克·多里说。

“要不然还有谁？”强盗说。

“别管他了，小子，”杰克·多里听见安斯维莉卡说，“正如我所说的，现在最重要的事是要找到她。”

杰克·多里朝那人脚上啐了一口，说道：“你是活着还是死了，对我来说都没有什么区别。完全没有。”他放低了剑。他举剑的胳膊累得都酸痛了。

坎诺克把那个强盗的刀递给了杰克·多里。“走吧。”他说。

“快！”山羊说。

杰克·多里把刀别进腰带里。他转过身，背对那个强盗，走了。

男孩跟着山羊。

坎诺克和艾迪克修士跟着那个男孩。

杰克·多里向前走去，离开了。一只蜜蜂快乐地围着他的脑袋，嗡嗡地飞来飞去。

46

地牢里，有一个人来到比阿特丽丝的身边。他拿着一支蜡烛，披着一件黑色的披风。他身上有一股蒜瓣和馊油的味道。

“我是国王的国师，”他说，“站起来。”

比阿特丽丝慢慢地站了起来。看见那支蜡烛，看见一点点光，让她很高兴，特别高兴。

“那么，”国师说，“这，就是比阿特丽丝，阿伯拉尔家的比阿特丽丝。”

“是的。”她说。

“那则预言里说的那个人。”

“是的。”她再次说道。她站得更直了。

“挺得意啊？”国师说，“预言没有任何意义，我的孩子。那只是一些低廉花哨的装饰，亮眼的让你分心的小东西，用来操纵国王和安慰傻子的甜言蜜语罢了。”

那个人的声音她很熟悉。为什么？

国师用蜡烛照亮了她的脸，而不是自己的脸。

“你是谁？”她说。她双手握住牢房的栅栏，想要看清国师的脸。

“啊。我发现你开始想起来了。你在回忆。是的。我相信，你会想起来的。不如我给你讲个故事怎么样？”

她一言不发。

“故事是这样开始的：从前，有一个受过教育的人，在一个风和日丽的日子，他来到了坐落在海边的一座城堡。那个人是受聘来到这个城堡，给一个贵族的三个孩子做家庭教师的。出于种种原因，这个贵族在一场战争里死了。谁知道是什么原因。

“于是，这个受过教育的人来到这座城堡，教这个人的孩子。你能够想象，当这个人发现这三个孩子中最大的那个是个女孩时，他有多惊讶，而且他也得教她。

“‘我不能教女孩，’那个受过教育的人说，‘这是违法的。’

“‘我希望她能接受教育，’那个贵族女人说，‘况且她父亲也赞同这一点。’

“后来，那个受过教育的人被这个女人的美丽和魅力迷住了，就按她的要求做了。他违反了法律。他教了那个女孩读书写字。她学得非常快。”

“不要再说了，”比阿特丽丝说，“我不想听。”

“阿伯拉尔家的比阿特丽丝，你会听完我所说的。你会都听完的。后来，那个受过教育的人爱上了那个贵族的妻子。他向她表白，可她不接受他的爱。

“你知道吗，这女人脑子里有一种扭曲的信念，她认为有一天，她的孩子可能会统治这个王国——是的，就连她女儿也有可能掌权。她把这些事都告诉了这个受过教育的人，他却嘲笑了她。她解雇了他。最有可能的原因是，她认为，因为他不是贵族出身，他永远不会明白血统和权力的责任。他离开了阿伯拉尔城堡。”

现在，国师举起蜡烛，靠近了自己的脸，让她看个清楚。他笑了。

“是的，”他说，“你认识我，比阿特丽丝。你非常了解我。我就是那个教过你读书的人。我就是那个被你母亲赶走的人。不过没关系了。结果一切都很顺利。尽管我不是贵族出身，可我还是走进了权利的殿堂。

“我是命运的创造者。我创造了一个国王。这个国王什么也不是。你知道世界上有多少个小儿子的小儿子吗？可我把这个预言变成了现实。我让他成了国王，现在我控制着他，也就是说，我控制了一切。明白了吗？”

她明白。她很害怕。可她仍然挺直腰板说道：“我想见见国王。”

国师哈哈大笑，嘴里喷出一阵强风，烛焰跳动了起来。“你想见见国王。”

“是的。”比阿特丽丝说。

“那你母亲呢？你也想见她吗？”

比阿特丽丝感觉心沉到了脚趾。那条无尽的长廊又闪过了她的脑海，空荡荡的塔楼，那只黑鹂转身看着她，说道：“他带走了她。”

“她在哪儿？”她低语道，“我母亲在哪儿？”

“别急，比阿特丽丝。首先，我会去和国王聊一聊。我会告诉他，你已经安全抵达了。他一直在等你。”

国师吹灭了蜡烛，黑暗立刻湮没了一切。

“现在你明白了吧，”他说，“你都看到了，这儿谁说了算。不是你。不再是你。也不是你母亲。”

47

他带走了她。

“可去了哪儿呢？”她说出声来，“他把她带到哪儿去了？她在哪儿？”

她的心剧烈地跳动着。那个预言是真的吗？到底说的是不是她？抑或，那只是一些毫无意义的甜言蜜语？

她不能再想了，一点儿也不能多想了，否则她会发疯的。

从前，有一条美人鱼。

那个故事。就是她必须要完成的。她得把这个故事写下来。可她没法写。没有纸和笔，而且这儿太黑了，实在没法写。

她坐在地牢的地上，双手放在腿上，黑暗笼罩着她，她心想，尽管如此，我仍然会把这个故事讲出来。没有人可以阻止我。

从前，有一条美人鱼，它无论去哪儿，都会带着一群海马。

海马们梳理着美人鱼的长发。它们和它轻声讲述着海马的故事，用海马高亢的嗓音唱着海马的歌。故事都是些奇怪的故事，歌也都是奇怪的歌，可它们让美人鱼很开心。它和海马们一起在大海里畅游，永远也不会落单。

“别走太远啊，”美人鱼的母亲说，“听海马的话。如果你去到水面上，千万不要逗留太长时间。”

“好的，”美人鱼说，“我保证。”

可是有时候，尽管海马们极力反对，美人鱼还是浮出了水面，在一块大礁石上呆坐许久。它仰望着天空。

它最喜欢在一天结束时这样做，那时，礁石仍然很温暖，它可以看着太阳落下，星星升起。

海马们待在水里，非常不安。它们围着礁石游动，嘀咕着它们晦气的警告，还时不时地唱起歌来。

有一只老海马，在一次年代久远的海马战争中失去了一只眼睛。它的名字叫作莫里奇，它的声音最大。

“你这样是非常错误的，”它说，“太危险了。下来吧，下来吧。回到水里来。快回来。”

美人鱼没有理它。它谁都不理。它抬头看看天空，然后又看了看自己的尾巴，它的尾巴在光里璀璨地闪耀着。

它的尾巴布满了鳞片，当然，所有美人鱼的尾巴都是那样。

可这条美人鱼的尾巴是与众不同的，它镶满了各种宝石——蓝宝石、珍珠、红宝石，还有钻石。因此，美人鱼坐在礁石上时，它的光芒如此耀眼，以至于它周围的一切看起来都像着了火。

这条美人鱼叫什么名字?

罗丝琳。

它叫罗丝琳。

这就是故事的开端。

比阿特丽丝大声朗诵这些句子，直到组成了她想要的故事。

当她沉默下来时，她听到有东西在黑暗中窜来窜去，有东西在滴落，有时候好像从很远很远的地方传来了啜泣声，一种痛不欲生的声音。

48

“快到了。”坎诺克说。

他让安斯维莉卡和杰克·多里走上前去。

他们来到城堡附近时，坎诺克变了。他的肩膀变得圆润，脸上的皱纹增多了。他不再笑了。

“你可以回去，”艾迪克修士对他说，“我们三个去找国王就行。”

“不，”坎诺克说，“这件事必须完成，我会去做的。”

“当一个国王走进他曾经统治过的城堡会发生什么？”艾迪克修士问。

“我不知道，”坎诺克说，“在我之后，出现过很多位国王。他们大概不会记得我。”他耸耸肩，然后唱起了一首简短的歌：

我们不知道

会发生什么。

发生什么，

就是什么。

这就是

我们所知道的一切。

坎诺克看着艾迪克修士，笑了。

“可是，你相信《悲伤王国编年史》里记载的那则预言吗？”艾迪克修士问。

“我做国王那时，就去看过那本书了。”坎诺克说，“我的国师经常去研究它，因为那是所有国师的工作。他告诉我书上写了什么。而且并没有……”

“并没有什么？”艾迪克修士说。

“并没有预言说我要离开我的王位。可我离开了。我确实离开了。”

“那比阿特丽丝呢？你相信那个关于她的预言吗？她会推翻一位国王？”

“发生什么就是什么，这就是我所知道的一切。”坎诺克说。

安斯维莉卡高高地昂着头，走在他们前面。它大口大口地嗅着空气，仿佛可以闻到比阿特丽丝的气息。

坎诺克说：“我相信，最好和最明智的选择就是跟随山羊。”

艾迪克修士笑了。

接着，他们默默地向前走。路上的尘土像一团棕色的云围在他们身边，随着他们的步伐起起落落。

杰克·多里转过身，看着他们。

“马上就要到了，你们为什么走得那么慢？”他说。

安斯维莉卡也转过身。它给了他们一个暴力威胁的表情。

“继续，继续，”坎诺克说，“我们跟着你们呢。”

山羊和男孩转过身，继续向前走。

“我想知道，”坎诺克说，“如果你相信比阿特丽丝的预言。那你想让它实现吗？”

“我想让她知道我们来救她了，”艾迪克修士说，“这就是我最希望的事情，让她知道我们来救她了。”

“是的，”坎诺克说，“所以说，你相信的是爱。”

“我想是的。”艾迪克修士说。他把手伸进长袍口袋里，摸到一颗花朵形状的枫糖。他把它拿了出来，放在掌心里。“给。”他对坎诺克说。

“啊，”坎诺克说，“甜甜的东西。”他脸上呈现出一道意外的光，“只有一颗糖吗？或者说，你还有吗？也给那个男孩一颗？”

艾迪克修士从口袋里拿出一颗新月枫糖。

坎诺克的表情更加明媚了。“我相信山羊吃糖也有好处的，是吧？”

艾迪克修士拿出一颗小人儿形状的枫糖。

“太好了，”坎诺克说，“谢谢。”他接过艾迪克修士手里的枫糖，然后叫道：“杰克·多里！安斯维莉卡！有东西给你们！”

他朝男孩和山羊走去，展开的手里有两颗枫糖。他在微笑。

49

美人鱼的故事闯进了她的脑海，仿佛很久以前她就读过这个故事，仿佛那是家庭教师神奇口袋里的另一本书，她读过了这本书的内容，看过了它的插图，而且全都记了下来。

“比阿特丽丝，后来呢？”她问自己，“接下来发生了什么？你必须想起来。”

一天晚上，碰巧有水手看见了礁石上的美人鱼。

他们看见它尾巴上的宝石发出璀璨的光芒，水手们都为之所倾倒，互相谈论着看到的一切。

他们无法忘怀。

他们觉得这是一件奇妙的幸事——他们得到了某种承诺——每一次，他们都能看见它镶满宝石的尾巴。

美人鱼的故事在水手间流传着，最终溜进了国王的耳朵里，他也知道了有一条美人鱼，它的尾巴上布满了蓝宝石、珍珠、红宝石和钻石。

国王觉得，得到这条美人鱼和它的宝石尾巴，他的人生才能完整。于是国师对他说："您一定得拥有这条美人鱼。您想要任何东西，都必须得到，陛下。"

于是，国师派出了亲卫军去找它。

要是罗丝琳听从了那只独眼海马的劝告就好了！

要是它听了母亲的话，不在水面上待那么长时间就好了！

可罗丝琳是一条非常有主见的美人鱼，它做了自己想做的事，于是，国王的手下找到了它。

带走了它。

海马们追不上，只能一边吱吱叫，一边恸哭。

可莫里奇，那只独眼海马，在最后一刻努力地跳出了水面，黏在了罗丝琳的尾巴上。就这样，它们一起从海里去到了国王的城堡。

在国王的城堡里，在国师细致的指导和严格的要求下，他们造了一个容器，装满了水，然后把拥有宝石尾巴的美人鱼放了进去，摆在正殿里展出。

"太可怕了，"莫里奇悄悄对她说，"别说话。别看。别看他们的眼睛。永远不要，永远。"

国王注视着它，王公贵族们也注视着它。国师也注视着它，而且还面带着一种可怕的微笑。

罗丝琳一直低垂着眼帘。

它看着别处。

它什么也没说。

它愈发憔悴。

海马们曾经给它讲过一个故事，故事里的这句话一直萦绕在它脑海里：我现在身处于什么世界，我该怎样在这个世界里生活下去？

这时，它的宝石开始掉落。

一个接一个地，蓝宝石、珍珠、红宝石、钻石全都变成了普通的石头，沉在容器的底部。

国王下令把石头收集起来，一一砸开。

“陛下，这些里里外外都是普通的石头。”国师说。

国王震怒。

他站在美人鱼面前，说道：“你给我把石头变回宝石。我命令你！”

可罗丝琳不知道怎么做。

莫里奇悄悄对她说：“他们会毁灭你。不要让他们那么做。不要让他们毁灭你。”

比阿特丽丝没有继续往下讲。

有一道光在朝她靠近。

“谁？”她叫道。

她再次听见，远处传来哭泣的声音。

那道光越来越亮。

是国王，他的头上戴着一顶华丽的金色王冠。

比阿特丽丝站了起来。

“我要看看你的脸，”国王对比阿特丽丝说，“我的国师说，你就是预言里说的那个人。他说，我不该怀疑他。可我想看看你的脸，这样我才知道预言是不是真的。”

他把蜡烛端至面前，仔细打量着她。

比阿特丽丝想对这个人说：“你杀了我的两个弟弟。你还想杀了我。但你失败了。我就站在你面前。你失败了。”

可她没有说。相反，比阿特丽丝张开嘴，只说了两个字：“从前。”

从前。

“嗯？”国王向她凑了过来。

“从前，”阿伯拉尔家的比阿特丽丝说，“有一条美人鱼，她无论去哪儿，都会带着一群海马。”

50

在城堡内部的深处，比阿特丽丝在给国王讲故事，而城堡外面，来了一个修士、一只山羊、一个拄着拐杖的长胡子老头和一个握剑的男孩。

艾迪克修士和坎诺克留在后方，杰克·多里和安斯维莉卡则向城堡的吊桥走去。有两个士兵守卫在那里。

杰克·多里转向山羊，说道：“她在这儿吗？”

安斯维莉卡抬起鼻子，嗅了起来。它用眼角余光看着杰克·多里，点了点头。

这只山羊！他爱它！

他也点点头。“那我们就进去看看能做点什么吧。”

于是，他和安斯维莉卡来到了守卫吊桥的士兵面前。

“我是来面见国王的！”杰克·多里说。

明媚的阳光普照着大地。安斯维莉卡散发着一股浓烈的山羊味儿。蜜蜂懒洋洋地围绕着杰克·多里的脑袋飞舞，他的肩膀上扛着剑，天空中万里无云。

“哈，”左边那位卫兵说，“这个男孩是来面见国王的。”

“哈哈，”右边的卫兵说，“他是来面见国王的。”

“还带着你的山羊来吗？”左边的卫兵说。

“这不是我的山羊，”杰克·多里说，“这是她的山羊。我必须要警告你：山羊和我一样急切地希望见到国王。这只山羊，它可不是省油的灯，很容易就会被激怒。”

安斯维莉卡不停地在地上换着蹄子。杰克·多里把手放在它头顶上，防止它把卫兵顶飞。

右边的卫兵说：“这只山羊急切地希望见到国王，而且很容易就会被激怒。”

左边的卫兵说：“我听见了，好吗？很容易就能激怒它。”

杰克·多里感觉安斯维莉卡的身体在愤怒地颤抖。

时间不多了。

“我是来把东西还给国王的，”杰克·多里说，“就是这把剑。它曾经属于一位国王，我是来把它还回去的。”

左边的卫兵伸出手，从杰克·多里手里接过了那把剑。“现在你已经把它还回来了。走吧，小子。”

这时，传来了坎诺克的声音。他在唱歌。

“我带来，
我带来，
我带来了
良言。
我给国王
带来了
良言。”

坎诺克弓着背，拄着拐杖，低着头，朝他们走过来。

左边的卫兵往坎诺克脚上啐了一口。“走吧，乞丐，”他说，“国王不想要你的良言。”

可坎诺克继续唱道：

“我带来，
我带来了
良言。
我带来了良言
和真理。
我带来了真理
和悲伤。
我给国王
带来了一位先知。”

唱完这些，他大喊道：“也许你们没听到我说的话！我给国王带来了一位先知！”

艾迪克修士也朝前走去，他那不听话的眼睛在疯狂地打转，他的整个身体都在颤抖。

他对卫兵说：“你们会准许这个男孩进入的，会准许这只山羊进入的。你们会准许这个乞丐进入的，你们也会准许我进入的！我就是那个先知，我有一些警世恒言要带给国王！听一听我的良言吧！若不让我们进去，你们就是犯了弥天大错！”那只眼睛疯狂地转动着。

他看起来绝对是疯了。

他话音刚落，安斯维莉卡便发出一阵高声嚎叫。

杰克·多里知道，山羊发出的这个声音代表着不耐烦和愤怒，但在普通人的耳朵里，这只山羊的叫声仿佛来自另一个世界，特别恐怖。

左右两名卫兵对视了一眼。

然后他们一起示意放下吊桥。

杰克·多里感觉一阵狂喜传遍全身。

他可以进城堡了。

他可以找到她了。

他又能见到她的脸庞了。

蜜蜂得意扬扬地在他脑袋周围飞舞着。

蜜蜂。

“B–E–E。”

“B。”

比阿特丽丝的 B。

51

地牢里，比阿特丽丝在给国王讲故事。

“后来……”比阿特丽丝说。她站在那儿，额头顶着牢房的栏杆。国王凑在她跟前。

她深吸一口气，说道：“后来，王公贵族都不再来看那条美人鱼和它的尾巴了。”

国王叹了口气。

比阿特丽丝继续往下讲。

装有美人鱼的那个容器被挪到了城堡中高高的塔楼里。美人鱼孤零零地在那儿，陪着它的只有独眼海马莫里奇，除了“在劫难逃”这些字眼，别的他什么也不说。

然后，过了一段时间之后，就连莫里奇也陷入了沉默。

罗丝琳很想念自己的母亲，想念那辽阔的蔚蓝海洋的深处，想念海马们对它轻声吟诵的那些故事，还有哼唱的那些歌。

有一天，塔楼里来了一个清洁工男孩，他来给美人鱼喂食，可罗丝琳转过去背对着他，不肯让他看见自己的脸。

它没有和他说话。

它没有和任何人说过话。

傍晚时分，阳光穿过一扇窄窄的窗户，照进了塔楼。美人鱼看着阳光，心里觉得自己再也见不到母亲了。

后来有一天，一只黑鹂猛烈地挥舞着翅膀，飞进了窗户。

它站在窗台上，俯视着美人鱼，说道：“我从远方给你带来了一个消息。这个消息是一只海鸥从一群海马那儿得到的。那就是：你的母亲在找你。我得带你回家。”

罗丝琳盯着那只鸟。

“最终，我们都会被带到属于我们的地方。”黑鹂说。

“可是怎么回去呢？”罗丝琳说，“我是个囚犯。”

“最终，我们都会找到回家的路。”那只鸟吟诵着。

“怎么找？”罗丝琳说。

“问。”黑鹂说。

接着，它张开双翅，穿过狭窄的窗户，飞离了塔楼。

第二天，那个男孩来喂食时，美人鱼转过身，让他看见了自己的脸。它和他说话了。

“你愿意帮我吗？”它说。

男孩非常惊讶，手里的碗都掉了。“他们说你不会说话。”

“你愿意帮我吗？我想回家。”

“你家在哪儿？”

“我来自大海。”罗丝琳说。

“大海在哪儿？”清洁工男孩问。

接着，罗丝琳向他描述了大海的样子——水是如何从蓝色变成绿色，然后又变成黑色的；阳光是如何照进海洋深处的。它告诉他，那儿也长了很多植物，有很多鱼。它告诉他，那儿有海马，它们很会讲故事，故事层出不穷，一个比一个离奇，一个比一个精彩。

男孩说：“我想去看看这个神奇的地方。”

“你愿意帮我吗？”罗丝琳问，“你能带我去那儿吗？”

“愿意。”男孩说。

讲到这儿，比阿特丽丝陷入了沉默。

她能听见国王的呼吸。

她能听见远处的哭泣。

她能感觉到自己的心在跳动。

“然后呢？”国王说，“你必须告诉我故事的结局。”

“是吗？”比阿特丽丝说。

52

他们列队而行，快步穿过城堡悠长的走廊。

山羊在第一个，它高高地昂着头颅。

在它后面的是杰克·多里，杰克·多里后面是艾迪克修士，他的手垂在长袍的袖子里，眼睛仍然在不停地转动。他喊道："我给国王带来了一个预言。带我去见国王！"

坎诺克是最后一个，他拄着拐杖，遮着脸，步伐踉踉跄跄。

宫廷乐团停止了演奏。贵妇们用双手将裙子提起，害怕山羊会碰到她们。而男人——士兵和贵族们——则一边看着山羊的眼睛，一边把手放在剑上，随时准备进入战斗。

城堡里弥漫着紧张的沉默。

只有安斯维莉卡的蹄子敲击石质地板的声响在城堡里回荡。

“《悲伤王国编年史》里的每一个字、所有的字都在我脑子里！”艾迪克修士大喊道，“带我去见国王！我有一个预言，他必须听一听！”

艾迪克修士非常享受自己此刻的状态。此前他从未如此享受过他那诡谲、疯狂的眼睛。

“快看看我，父亲，”艾迪克修士心里想道，“看看我是谁。”

人群分散开来。他们四个走进了正殿。

可国王并不在王座上。在他们面前，只有一个穿黑袍子的男人。

“你说你有一个预言？”那个人扭曲地笑了一下，说道，“一个国王必须听一听的预言？我倒是很有兴趣。我非常喜欢预言。”

艾迪克修士张开嘴，正准备说出那些降临到他脑子里的话语，可杰克·多里挡在了他身前。“给国王带来消息的不是这个修士，”杰克·多里说，“而是国王本人，他就在这里，就在你面前。他本身就是预言。”

杰克·多里扭头对坎诺克说：“对不起，坎诺克，现在你必须表露你的真实身份了。为了比阿特丽丝。”

坎诺克难过地点点头，仿佛知道会走到这一步似的。接着，他伸展开身体，直起了身子。他环视了一周，说道："我不是乞丐，也不需要拐杖，因为我是埃林加德国王。"

王公贵族之间，士兵和乐手之间开始激烈地窃窃私语起来。

"埃林加德？"他们说，"埃林加德已经死了。"

"他死而复生了吗？"

"还能这样吗？"

乐团开始演奏一首凯旋之歌，然后音乐渐渐隐去。士兵们用剑撞击着地板。

穿黑色长袍的那个人站在王座一旁喊道："这是个冒名顶替的家伙！快把他抓起来！"

乐团又奏响了乐曲。士兵们走上前来，将坎诺克拥护在中央。其中一个上了年纪的士兵伸出手来，碰了碰坎诺克的肩膀。

"陛下，"他说，"埃林加德国王。我记得您。"他在坎诺克面前跪了下来，"真正的国王终于回来了。"

"他只不过是个江湖骗子！"黑袍人大喊道。

至于杰克·多里，他正关注着那只山羊。

只见它把鼻子高高抬起，朝他看了过来。

"快，"它仿佛在说，"跟着我。"

杰克·多里大声回答它：“无论你领我去向何方，我的心灵之光，灵魂之河，”他对山羊说，“快带我去找她吧。”

他跟着山羊，艾迪克修士听见杰克·多里的话，也跟了上去。

53

地牢里，国王说道："快告诉我故事的结局。"

可比阿特丽丝一言不发。

国王和女孩就这样默默地坐着。唯一的声音便是那遥远的哭泣声。

"如果你回答我一个问题，我就告诉你故事的结局，"比阿特丽丝说。

"你敢跟国王讨价还价？"

"是谁在哭？"比阿特丽丝问，"这声音，是谁在哭？"

"你母亲，阿伯拉尔家的艾斯林在哭。"国王说，"快点告诉我故事的结局吧。告诉我美人鱼和国王后来发生了什么。"

比阿特丽丝听见自己的心跳声特别强烈，它一直重复着三个字："你母亲，你母亲。"

你母亲。

"告诉我，"国王说，"结局是什么？"

当整个城堡都睡去后，男孩背起了美人鱼。海马盘绕在它的头发上。他们一起走下扭曲的楼梯，穿过镀金的走廊，跨过吊桥，来到了黑暗森林。

黑鹂从树丛中飞了出来，讲了两个字：“这边。”

他们跟着那只鸟。他们走进了黑暗森林的更深处，然后穿过了它，来到悬崖边。悬崖下面就是大海。

天空是靛蓝色的，星星刚刚开始消逝，男孩、黑鹂和美人鱼一起注视着倒映在水面上的紫色光芒。

“比你告诉我的还要美。”男孩说。

他把美人鱼抱在怀里，想办法走下悬崖，走进了海里。在那儿，另一条美人鱼穿过黑暗的海水向他们游来。

罗丝琳的母亲。

罗丝琳跃出男孩的怀抱，跳进了海里。

它的母亲又哭又笑地朝它游过来。

它们拥抱在一起时，海马们围在了它们身边。

海马们给它们唱起了歌。

独眼莫里奇终于再次开口了，他说：“家。我们回家了。”

男孩站在水边。

“那现在我应该去哪儿呢？”他冲美人鱼喊道，“属于我的地方在哪儿？我不能回城堡了。国王绝不会宽恕我的所作所为。”

讲到这里，比阿特丽丝陷入了沉默。

“这还没结束啊，”国王说，“那男孩后来怎么样了？国王后来怎么样了？”

比阿特丽丝没有回答。

她在聆听。

她听见羊蹄的咔嗒声。还有一只鸟儿清脆甜美的歌声——一首既美好又哀伤的歌。

国王也在聆听。

“那是什么？”国王说，“是什么鸟在唱歌？”

“那不是鸟，”比阿特丽丝说，“是一个男孩。还有一只山羊。我打赌，还有一个修士和他们在一起，另外，在某个地方，有一位真正的国王，一位贤明的国王。”

她突然感觉，她的心也许能把自己浮起来，离开地牢。

她感觉自己自由了。

“他们是来救我的，”比阿特丽丝说，“他们是来带我回家的。”

接着，她喊了起来：“安斯维莉卡！我在这儿！在这儿！”

54

安斯维莉卡能撞开牢房的锁吗？

它当然能。

毕竟，它的脑袋像石头一样坚硬。而且说真的，跟它对比阿特丽丝的爱相比，一把生锈的锁算得了什么呢？

这根本就不算什么。

这没什么，就像杰克·多里说的那样。

杰克·多里和艾迪克修士一起踹门，安斯维莉卡则用脑袋撞锁，直到锁别无他法，只能让路。

他们都挤进了牢房。

比阿特丽丝蹲下来，朝山羊张开双臂。

艾迪克修士把手放在比阿特丽丝的头上。

杰克·多里说："啊，比阿特丽丝。终于找到你了。我来学我的字母了。"

她朝他一笑。“这是你第二次把我从一个漆黑的房间里救出去了，杰克·多里。而且，你已经认识你的字母了。”

“嗯，”杰克·多里说，“现在我想学习如何把它们组合成为词语。”

“我会教你的。”比阿特丽丝说。

“可故事的结局到底是什么？”国王说。

比阿特丽丝站了起来，注视着国王的双眼，说道：“你所倚赖的那个国师是个大骗子。你只是个傻子而已。”

就在安斯维莉卡从背后把国王顶飞的前一秒，她取走了国王手里的蜡烛。

接着，比阿特丽丝喊出了两个字：“母亲！”

远处传来一声哽咽的哭泣声。

“这边。”比阿特丽丝说。她举着蜡烛，杰克·多里、艾迪克修士，还有安斯维莉卡跟在她身后。

他们在另一个牢房里发现了比阿特丽丝的母亲，她的嘴被塞住了，手被绑了起来。安斯维莉卡用它的铁头，很快就撞开了门。

比阿特丽丝取出母亲嘴里的布团，解开她手腕上的绳索。她一边给她松绑，一边哭。她的母亲也在流泪。

“比阿特丽丝，”她的母亲终于能说话时，她说道，“我能听见你的声音。我一直都能听见你的声音。我也想要知道故事的结局。”

比阿特丽丝扑进母亲的怀里。“这，”比阿特丽丝说，“这就是故事的结局。”

最后一部分
故事的结局

埃林加德国王贤明地治了一天国。

在这一天里，他把愚蠢的国王和他的阴谋家国师都流放了。

他让他们俩乘坐一艘既没有帆也没有桨、小得不能再小的船，漂向浩瀚的大海。

“去吧，永无休止地对彼此说谎去吧，”埃林加德国王说，“那就是我对你们的惩罚。”

他们走后，那两人从视野中消失后，埃林加德国王重重地坐在了王位上。“我实在受不了这个，”他说，“我既不想复仇，也不想做国王。”

比阿特丽丝说：“那为什么不一走了之呢？”

“我已经出走过一次了。”国王说。

“是啊，”比阿特丽丝说，“现在，你得到了一个机会，可以成为一个出走两次的国王。”

埃林加德国王看着比阿特丽丝。他坐直身子，然后仰起头，哈哈大笑起来。

“坎诺克，”比阿特丽丝对哈哈大笑的国王说，“你不是说过吗，也许是时候出现一位女王了？我知道有一个贤明的女人可以把国家治理得很好。”

于是，阿伯拉尔家的艾斯林被传唤进了正殿。

“阿伯拉尔女士，”国王说，“你是一位想让孩子接受教育的贵族。你有先见之明，也有勇气教育比阿特丽丝。比阿特丽丝太小了，无法成为女王。而且，她也不想要这顶王冠。可她相信，我也相信，你拥有智慧和无畏来领导人民。你愿意收下我的王冠吗？”

艾斯林说：“我愿意。我接受它，用以纪念阿索普、罗文和比阿特丽丝。为了我的孩子们，我愿意。”

于是，现在，坐在王座上的是一位女王。

坐在女王右边的是坎诺克。所有的事情他都会给她提出建议。

他的胡子已经快垂到脚面那么长了。他经常哈哈大笑。他仔细端详着每一张脸。

他认真地听。

可他并不执政。

执政的人是阿伯拉尔家的艾斯林。

是阿伯拉尔家的艾斯林，比阿特丽丝、阿索普和罗文的母亲，她内政修明，治国有方。

那比阿特丽丝呢?

她站在悬崖上，面前是一片绿色的汪洋大海。

杰克·多里在她左边，安斯维莉卡在她右边。

比阿特丽丝把手放在山羊的脑袋上。

女孩、男孩和山羊一起眺望着大海。

“那么，依据艾斯林女王的法令，我们三个要去民间，教人读书。”杰克·多里说。

“教所有人。”比阿特丽丝说。

“所有人。”杰克·多里笑着说。

风将比阿特丽丝的头发撩起。

她可以看到很远很远的海面，非常远。

她也在微笑。

在黑暗森林中那个舒适的树洞里，艾迪克修士俯身于一本手抄本前。他在画一条尾巴上镶满宝石的美人鱼。他在画一只独眼海马。他在画一个清洁工男孩，一只黑鹂，和一个国王。

他正在给比阿特丽丝故事里的世界鎏金。

他在做一本书。

他写下了故事的结局：

美人鱼低头看去，发现尾巴上的宝石又回来了。它们一个接一个地出现了。

罗丝琳情不自禁地大笑起来。

一只蜜蜂围绕着艾迪克修士的脑袋嗡嗡飞舞，在他工作时给他伴奏。

“你会找到回家的路。”美人鱼对男孩说，“来，拿上这颗红宝石，还有这颗蓝宝石。我全心全意地把它们交给你，因为你是我所爱的，我所爱的人。”

这一切，都发生在很久以前。

也有可能还尚未发生。

有可能这本书，这本关于比阿特丽丝的书，是一个尚未到来的世界的故事。

谁知道呢？

不过，有一件事是肯定的：最终，真正重要的并不是预言。

问问艾迪克修士是不是这样的。

那么，是什么改变了世界？

如果铁头山羊安斯维莉卡会说话，那它会说这个字：爱。

如果你去问阿伯拉尔家的比阿特丽丝呢？

她也会回答："是爱。"

是爱，还有故事。

作者手记

比阿特丽丝的这个故事，我写了十多年。第一次动笔是在 2009 年，我只花了一小段时间，然后就把它放在一边，忘记了。2018 年，我打扫办公室的柜子时，发现了一份草稿。那是故事的第一部分：一个名叫比阿特丽丝的女孩，她会读书写字，但在她身处的那个世界里，这是违法的。我坐在办公室地板上，读着这个故事，仿佛我从来没读过它似的，仿佛我从来没写过一样。发现开头这几页后，过了几天，我开始写剩下的故事。我不知道会发生什么，不知道故事会如何结束，也不知道这个女孩会成为什么（以及和她做朋友的那只山羊、那个修士，还有那个男孩会怎样）。我只知道，我找到了一个对我来说很重要的故事和角色。

在我写完（无数次地修改、编辑）之后，我发现，这个故事已经在我心里驻扎了十多年。它似乎已经在我心里住了一辈子，从我艰难地学习阅读开始——以及后来在我通过文字、故事和友谊所创造的奇迹，成为更完整的自己的整个过程，它都和我在一起。

插画师手记

当我收到《改变悲伤王国的孩子》的手稿时，我刚要出门。但我马上脱下外套，放下包，关掉手机，坐在我似乎总是没有时间坐上去的沙发上，把这个故事从头到尾读了一遍。

一种感恩之情涌上我的心头。感谢所有将由我创作的这些图画。美人鱼、狼、海马、蜜蜂、大树、草原，和月亮。

感谢比阿特丽丝。感谢安斯维莉卡。（那只山羊！那口牙！）感谢艾迪克修士、坎诺克和杰克·多里。感谢这些角色，他们已经成为我一生的朋友，他们也将陪伴读者走过充满未知的童年及未来。

我十岁时，养过一只羊。它的名字叫约瑟芬，它的耳朵十分柔软。我们搬家时，我不得不把它送人（我们搬过很多次家），可拥有约瑟芬的那一年特别美好。建议孩子都读一读这本书，因为这是一件幸运的事。如果当初我读过它的话，我觉得它一定会为我的童年增添色彩。

在我过去一年动荡、骚乱和充满不确定性的生活中，给《改变悲伤王国的孩子》绘制插图带给我很多慰藉、安心和快乐。有些时候，我回过头来看时，已经不记得自己是如何画出那些线条的了。好像图画是自己降临在纸张上的。好像它们一直存在。

很快，各个年龄段的读者将认识这个女孩和她的山羊，认识那个男孩、修士，以及那个曾经是国王的老人。我感到无比幸福。他们即将步入《改变悲伤王国的孩子》的世界，找到似乎一直存在着的那些同伴。他们或许将体会到深深的归属感。

“最终，我们都会被带到属于我们的地方。最终，我们都会找到回家的路。”